Sonya
ソーニャ文庫

限界突破の溺愛

八巻にのは

JN167956

イースト・プレス

contents

プロローグ

レナード＝ケインズ侯爵の一世一代の告白は、少女の一喝《いっかつ》によって打ち砕かれた。

「あなたみたいなおじさんに求婚される、こっちの身にもなってください！」

もし彼女に言えるならと、考えに考え抜いた情緒溢《じょうちょあふ》れる全一万五千字の大告白だったにもかかわらず、である。

「教えてくれ、何がいけないんだ！」

「何がって顔を見ればわかるでしょう。年は二十近く離れているし、ひげだし、背も高すぎるし、ひげだし」

とりあえずひげが気に入らないのはわかり、それを自慢にしていたレナードは深く項垂《うなだ》れる。

たしかにレナードは若いとは言えず、年若い少女が好む容姿でもない。

何せもう四十も手前だ。

肩まで伸びた艶《つや》やかな髪に、鼻梁《びりょう》の通った精悍《せいかん》な顔立ち。そして長いこと国軍に勤めていたおかげで鍛《きた》え抜かれた彼の巨躯《きょく》からは依然として衰《おとろ》えを感じさせないものの、目元に刻まれた深い皺《しわ》や、顎《あご》に沿うように生えたひげが彼から若さという要素を奪っていた。

一方で、今レナードの前に立つ少女は、枯《か》れ始めたレナードと違い女の盛《さか》りだ。子爵令嬢でありながらもあまり裕福な暮らしはできていなかったと聞くが、明るい栗毛は艶やかに波打ち、十八という年の割に大人びて見える顔は、嫌悪感をはり付けていてもなお美しい。

強く引き結ばれた唇も、形の良い鼻も、レナードを睨む鳶《とび》色の瞳も、若さと気品に溢れ、粗野な風貌《ふうぼう》のレナードとは真逆をいくものだった。

（たしかに、こんな美しい子に求婚するなんてどうかしている……）

改めて互いの差を感じ、レナードは大きくため息をつく。

しかし落とした視線の先に広がる、毒々しい色合いの赤い絨毯《じゅうたん》を見て、彼は沈み行く気持ちを奮《ふる》い立たせる。

相手が自分のことを好いていないのは明らかだが、ゆっくり時間をかけて説得している余裕は無いのだ。

「俺を拒めば、一生ここから出られないのはわかっているだろう」

レナードの言葉に、少女のかたくなな表情に僅《わず》かな動揺が走る。

「君だって、こんな場所で働くのは本意ではないはずだ」

粗悪な調度品で飾られたそこは、ひどく低俗な娼館だった。

そして少女は、とある不幸に見舞われ今日からそこで働くこととなっていた。

「君は忘れてしまっているかもしれないが、君の亡き父上は俺の親友だった。彼のためにも、君をこのような場所で働かせるわけにはいかない」

どうか聞き届けて欲しいと、レナードは少女の細い手を取り跪《ひざまず》く。

紳士的で情熱的な言動に少女は僅かに息をのむが、レナードの熱いまなざしを受け止めきれないのか、すぐに視線を逸らしてしまった。

「昔のあなただったら喜んで受けたでしょうけど、今の侯爵のところには行きたくないわ」

「なぜだ、ひげだからか！」

思わず緊張感のない問いかけをすれば、少女は呆れた顔でレナードを見やる。

「それもあるし、そのひげが似合うような今のあなたのお仕事が嫌いなの」

レナードの手を振り払い、少女は彼の温《ぬく》もりを拭《ぬぐ》うように、手のひらを擦る。

「あなたはご実家のケインズ家を捨て、あげくに我が家の財産を奪った海賊と同じような仕事をしていると聞いたわ。そんな相手に嫁ぐなんてあり得ないわ」

少女の言葉に、レナードは腰に差していた短銃を無意識に隠す。

「たしかになりも仕事も海賊に見えるかもしれない。特にこのひげが海賊を真似《まね》ているのも否定しない。だが俺は誰からも略奪しないし、海に出ているのは仕事だからで……」

「たとえそうでも、私はそもそも海の男が嫌いなの」

「だが、君の父上も……」

「嫌いよ。父様のせいで、母様は出て行ってしまったんだもの」

ぴしゃりと言い放つ少女に取り付く島はなく、レナードはついに言葉を呑み込む。

「いい加減帰って。あなたの顔なんてもう見たくない」

ドレスを翻《ひるがえ》し、少女は侯爵に背を向ける。

彼女の背中は、同じ年代の貴族の令嬢たちと違ってひどく細くて頼りなくも見えるが、そこから感じる彼女の意思は、とても強いものだった。

だが考えを曲げる気が無いのはレナードも同じで、立ち上がった彼は一度隠した短銃に手をかける。

「君の言葉も気持ちももっともだ。けれど俺にも、譲れぬものがある」

レナードは銃を引き抜くと、少女に向けて構えた。

「君が首を縦に振らないなら、俺はあえて君の嫌う海賊になろう」

「何を……！」

不穏な空気を察したのか、慌てた様子で少女は振り返ったが、レナードは銃を下ろさなかった。

「アン＝クローデル。今から俺は、君を略奪する」

第一章

どうして、私の人生はままならないことばかり続くのだろう。

絶対に頼りたくないと思っていた男に担《かつ》がれながら、アン＝クローデルは深いため息をこぼす。

同時に、この状況を冷静に分析している自分に切なさを覚えた。

頭から袋を被され、どこか知れない場所に運ばれているにもかかわらず、叫んだり助けを呼ぶこともしないのは、アンの人生においてこれくらいの出来事はもはや日常茶飯事だったからだ。

子爵令嬢として生まれたアンの人生は、同い年の娘たちと比べると波瀾《はらん》と苦悩に満ちあふれたものだった。

始まりは、アンが幼い頃に『私は普通の夫が欲しいの』という手紙を置いて母が出て行ったこと。

以来アンの身には、予想外の衝撃的な出来事が次々と起こるようになった。

初恋の男性が自分の父親の『恋人』だとわかったり、ギャンブル好きだった兄がクローデル家の家財を売り払っても足りないほどの借金を作ったり、その返済の途中に父が病で亡くなったり、売りに出すはずの商品や家財を次々海賊に略奪されたり、その海賊に心酔した兄が『ごめんね、僕海賊になる！　借金はよろしく！』という手紙を置いて失踪したり、また戻ってきたかと思えば新しい借金のかたにアンが娼館に売りとばされたりする、そんな人生である。

これらの隙間に細々とした不幸がいくつも入るような生活のせいで、アンは苦労に苦労を重ね、しかしその結果、子爵令嬢にはまったくもって必要のない海賊並みの度胸だけは身についた。

正直そんなものより平穏な生活が欲しいと強く思うアンだったが、その願いはまだ当分叶いそうもない。

（むしろ、娼館にいた方がマシだったたって思うことになるかも……）

すえた臭いのする袋の中でため息を重ね、アンはこれ以上の不幸が自分に起こらないことを切に願う。

その時、激しい揺れが急に落ち着き、アンは一瞬浮遊感を覚えた。

どうやら地面に下ろされたのだとわかってほっとしていると、顔を覆っていた袋が取り払われる。

「乱暴をして悪かった。怪我はしていないか？」

今更のように声をかけてくるレナードを忌々しく思いながら、アンはぞんざいに頷く。

それから彼女は周囲の状況を確認しようと辺りを見たが、朝霧と闇に包まれた中で即座に把握するのは困難だった。

唯一わかるのは、どこか不安定な地面と波音から、自分が海の上にいるということ。

（桟橋《さんばし》か、船かしら……）

どちらかと言えば後者だろうと思って更に目をこらすと、霧の向こうにいくつもの人影が見える。

「しばらく揺れるから、どこかに摑まっていてくれ。俺は、君が休める場所を作ってくるから」

足早に立ち去るレナードの背中に視線を戻しつつ、アンは側に張られたロープに腕をかけた。

それからもう一度状況を確認しようと周囲を見回すと、おぼろげだが船の状況と輪郭《りんかく》が見えてくる。

どうやらアンが乗せられた船は大きな帆船《はんせん》で、ここはその甲板《かんぱん》であるらしい。

甲板には沢山の男たちが行き来しており、彼らは濃霧をものともせず、自分の役割をこなしている。

その邪魔にならないようにアンが甲板の隅にそっと移動したところで、船の帆《ほ》がひときわ大きく風になびいた。

軋《きし》みをあげながら、船がゆっくりと霧と波を割り始めたのだ。

陸地が遠ざかっていくのを感じながらぼんやりと船の揺れに体を任せていると、ふと心地好い歌声がどこからか聞こえてきた。

まだ声変わり前の若い少年が歌うのは、近頃流行《はや》っている芝居《しばい》の歌だ。

口ずさみやすいことで人気のその歌は、酒場や港でよく歌われており、アンも聞き知ったものだった。

奇策と機転で勝利を摑み、かの者伝説つくりたり
海神『リヴァ』をも味方につけて、落とした艦隊《かんたい》一〇八つ
波を切り裂く黒き船、操る英雄ここにあり。我らが英雄ここにあり

少しずつ重なる声が増えていき、いつの間にか船は大勢の合唱と風を帆に受けて走り出す。

霧の中の船出は困難だというのに、危ない様子はまるでない。

力強く走り出す船体を叩く波音と勇ましい歌声。

それらが奏《かな》でる音楽を聴いて、アンは自分が乗っている船の名前に気づいた。

霧の中にそびえ立つ帆柱《ほばしら》は三つ。そのどれもが黒く塗《ぬ》られ、そこに張られていく横帆も

縦帆も闇夜と同じ色で、どこか不気味なそれは幽霊船を思わせる。

けれど不気味に見えるこの船こそ、アンの暮らす国『パルマーナ』の生ける伝説として語られるほど有名な船なのである。

目をこらしてもなお見えぬ、闇夜に溶け行く英雄の船
百戦錬磨《れんま》のその船の名は、闇を裂く「黒き風」

船乗りたちの歌声を聞きながら、アンは今更のように自分がとんでもない場所にいることを自覚した。

『黒き風』の名を持つその船は、先の戦で最も熾烈《しれつ》を極めた海戦『第一〇八海戦』で名をあげた一人の英雄のものだ。

(まさか、よりにもよってこの船でやってくるなんて……)

闇夜に溶ける帆を見上げながら、アンは自分を迎えに来た男、レナード＝ケインズを思う。

今でこそ海賊のようななりをしているが、彼は隣国との長い戦争を終わらせ、祖国に勝利をもたらした英雄なのだ。

思いもよらない奇策で数多《あまた》の艦隊を沈めた戦の腕はもちろん、敵国に通じていた内通者を次々と暴き、——その中には彼の家族も含まれていながら——躊躇《ためら》わずに手にかけた冷

酷さを人々は畏怖《いふ》しながらも、崇拝《すうはい》した。

祖国のためなら情よりも正義を優先するその姿に国王の覚えもめでたく、今の侯爵の位も、戦での功績を称《たた》えて贈られたものらしい。

英雄の中の英雄。それが、レナード＝ケインズという男なのである。

(でもなんだか、英雄になった今も、彼は昔とあまり変わらないような……)

彼の噂も伝説も嫌というほど聞いてきたアンだったが、先ほどの様子を思い出すと、ふと疑問が浮かぶ。

愛国心に溢れながらも、時に非情とも語られる英雄像と、アンの前に現れたレナードとはあまりに結びつかないからだ。

『ひげだからか！』と落胆していたレナードは、幼い頃、アンと親しくしてくれていた時のまま。いつも子供のように無邪気で、それでいて頼りがいがあって優しくて、誰よりもアンを好いてくれて……。

そんな幼き日の思い出がふと頭をよぎり、アンは慌ててそれを振り払う。

(今は、思い出に浸っている場合ではないわ。これからどこに連れて行かれるかもわからないんだし……)

少なくとも娼館よりはましだと思いたいが、何せこの船は伝説の名を持つ船なのだ。

あまり過度な期待はしない方が身のために違いないと、アンは帆を揺らす風の中で思ったのだった。

＊　＊　＊

どうして自分と彼女の間には、ままならない出来事ばかりが起こるのだろう。

寝台の上に脱ぎ散らかした服を必死に片付けるという、おおよそ英雄らしからぬ行為に没頭しながらも、レナードはアンの前では控えていた深いため息をこぼした。

ため息の理由はただ一つ。初めて出会った時から自分の心を離さなかった彼女と、ようやく新しい関係に進めるきっかけを得たというのに、事態はまったく好転しないからである。

（よりにもよって、あの子に銃を突きつけるなんて最低だ……）

時間が無かったとは言え、乱暴な手段ばかりを選択してしまった自分に、レナードはあきれ果てていた。

そうしていると不意に船室の扉が開き、ビクリと肩を震わせる。

まさかもうアンが来てしまったのかと慌てて振り返ると、部屋を覗いていたのは別の顔だった。

「首尾は上々で？」

美しく整った顔に似合わぬ、少々訛《なま》りのきつい言葉を口にしながら、船長室へと入ってきたのは彼の副官フレンだ。

彼とレナードはもう五年ほどのつき合いで、国軍にいた時から同じ船にいた腐れ縁だ。

それ故この船の誰よりもレナードに遠慮が無く、彼が一番聞きたくない問いかけを、このように笑顔と共に投げかけてくるのが常である。

「うまくいっているように見えるか？」

「見えないから茶化《ちゃか》しに来たんすよ」

「今はやめてくれ、緊張で吐きそうなんだ」

「おやっさん、見た目に反して精神力が貧弱ですよね」

臆するどころかどこか楽しげに告げるフレンとそれに項垂れるレナード。

二人の会話は部下と上官のものとは思えないが、レナードは怒るどころか本気で肩を落とす。

「貧弱なりに、今回はかなり頑張ったんだ」

「そして、その結果は？」

「良かったらこんな泣きそうな顔はしていない！」

むしろさっきちょっと泣いたんだ……と打ちひしがれるレナードは、正直かなり鬱陶《うっとう》しい。

どちらかと言えば精悍《せいかん》で、目元に力をいれれば人に畏怖すら与える顔立ちだというのに、実際のレナードはよく言えば温厚、悪く言えば少々女々しい男だった。

海賊のように逞《たくま》しく、王族のように気高く、それでいて時に冷酷な彼を、人は『男の中の男』などと褒《ほ》め称えるが、それはたまたまそういう一面ばかりが新聞記事や歌になってしまっただけで、本当の彼は気弱で無駄にロマンチストな中年なのである。

「自信作だったんだ、それを鼻で笑われた。五回も！」

「えっと、それはいったい何のことです？」

「告白だ。情熱的かつ真剣に彼女に求婚したのに、断られた」

「女の子を迎えにいくってのは聞いてましたが、まさかあの子、花嫁候補だったんですか？」

言うなり、フレンは扉を僅かに開けてアンを覗き見る。

アンに惚《ほ》れている身としては他の男にじろじろ見られるのは嬉しくないが、見るなと言える立場ではないのでここは我慢するほかない。

「ずいぶんと、年が離れているようですけど」

「それでも、好きなんだ」

「じゃあ、あの子はおやっさんを？」

「たぶん好きじゃないんだ」

「望み薄じゃないっすか」

「だから困っている」

どうしよう、と今更本気で悩み出すレナードに、フレンは哀れみの視線を向ける。

「もうちょっと、自分の年考えましょうよ。そもそも、いつの間にあんな若い子を引っかけたんですか？」

「引っかけたんじゃなく、俺が引っかかった」

「つまり一目惚れってやつですか」

「ああ。出会った瞬間に、彼女しかいないと思った」

今なおはっきりと思い出せる邂逅《かいこう》を頭に描き、レナードは顔に似合わぬうっとりとした表情を浮かべる。

「一目惚れって、十八かそこらの女の子に？」

「一目惚れしたのはもっと幼い時だ」

「……俺、今、おやっさんがちょっと恐ろしく見えました」

「知っている。正直、自分でも自分が時々恐ろしい」

副官の彼に詳細を話すのもはばかられるほど、愛に目覚めたきっかけが異質である自覚はレナードにはある。

想いの育《はぐく》み方もまた病的で、こちらも易々《やすやす》と口にできるものではない。

だがそれでも、レナードはアンが好きだった。

彼女が娼館に売られたと聞き、一万五千字の告白文を手に駆けつけるほどに。

「とにかく、彼女と仲良くなりたいんだ」

「せめてそこは、好きになって欲しいくらい言いましょうよ」

「まずは仲良しくらいでいい。彼女には、どうも避けられているようだし」

「そんなこと言ってると、違う男に取られるかも知れませんよ」

フレンが冗談めかして笑った直後、レナードが拾い上げていたラム酒の瓶《びん》が、バリンと弾ける。

その音に二人して驚いてから、レナードは自分の手に瓶の破片《はへん》が刺さっていることに、遅れて気がついた。

「おやっさん……？」

「びっくりした。片付けようと思っていたんだが、ひびでも入っていたかな？」

慌てて破片をまとめ、レナードは近くにあった布を取り、手のひらに乱暴に巻く。

おかしいなぁとのんびり首をかしげるレナードを、フレンは少し青ざめた顔で見つめた。

彼は片付けを再開したレナードに近づくと、おもむろに彼の肩を叩く。

「おやっさん、一つだけ忠告です」

「忠告？」

「すごく、大切な忠告です」

あえて一呼吸置いて告げるフレンに、レナードは慌てて背筋を正す。

「おやっさん、自分の気持ちはわかりやすく、素直に、ちゃんと告げてくださいね」

「前置きまでつけておきながら、お前の助言はそんな簡単なことなのか？」

「その簡単なこと、できる自信ありますか？」

「……ないな」

これっぽっちもないと胸の内で付け加えると、フレンは言い聞かせるようにレナードの両肩に手を置いた。

「おやっさん、あんたは海の上ではすごくいい男です。喧嘩《けんか》も強いしここぞという時の度胸もあるし英雄と呼ばれるだけの器量もある。……でも恋が絡むと、あんたはからっきしです」

フレンの前で女に言い寄った覚えはないのにどうしてわかるのかと、レナードは言い返したくなる。

だが反論する間も与えず、フレンは声に力を込め、畳《たた》みかけてきた。

「わかるんです。おやっさんは絶対に肝心なところでしくじるタイプです」

「さすがの俺だって、肝心なところでは男になれる……と思うが」

「……なりそうだから、心配してるんです」

言葉の意味がわからず首をかしげると、フレンは肩に置いた手に力を込めた。

「俺もうまく説明できないっすけど、おやっさんって『蓋《ふた》』が外れたら絶対怖いと思うんですよね」

「蓋？」

「おやっさん、顔の割に普段はめちゃくちゃ穏やかじゃないですか。無駄に刺繍《ししゅう》とか趣味だし」

「趣味のことは、ほっといてくれ」

「ともかくですね、そういうところが逆に怖いっていうか、普段温厚で女々しいのに、あの子にやたら執着してる感じが怖いっていうか」

たしかに、彼女に並々ならぬ執着があるのは間違いない。

けれどだからこそ、彼女のことは大事にできる自信がレナードには少なからずあった。

「あの子を愛する気持ちは他のどんな気持ちより強い。下手なことなど絶対にしないさ」

「でももしもってことはあると思うんすよ。だから、そういう時に下手な誤解を生まないように、気持ちは素直に、まっすぐ告げた方が良いですよ」

「まっすぐ……」

「おやっさんはただでさえいろいろ誤解されやすい人ですしね」

どんな誤解をされているのかと、不安に顔が情けなく歪む。

そんなレナードの肩をフレンは優しく叩いた。

「知らないならいいです。今言ったら、たぶんショックで自信喪失しますから」

「余計に気になるんだが……」

教えて欲しいとレナードは切望したが、フレンはかたくなに口をつぐむ。

「ともかく気持ちはちゃんと伝えなきゃだめですよ。もうすでに、すれ違ってるんでしょ？」

「そこはちゃんとうまくやる」

大丈夫だ、と言う声すら震わせるレナードの有様に、フレンが大きなため息をつく。

「でも何よりもまず必要なのは、心を落ち着けることですね」

それからフレンは少し待つように言って、部屋を出て行く。

程なくして彼は戻ってきたが、その手には少々異様なものが握られていた。

「何とも奇妙な色だが、それは酒か？」

「これは薬ですよ、精神を落ちつける効果があるっていう」

説明を聞くなり、レナードはフレンが持つ緑色の液体に興味を持つ。

「今のおやっさんに、ピッタリでしょ？」

「しかし、よくそんな物持ってたな」

「元々はおやっさんの『アレ』に効果がありそうだと思って買ったんです。どんな心にも平穏をもたらす妙薬って聞いて」

語りながら、フレンは早速薬をカップに注いでいく。

「平穏か。確かに俺に欠けているのはそれだな」

特に今は、と心の中で付け加え、レナードはフレンの手からカップを奪う。

「あ、待って下さい。水で割らないと」

「今酒しかないが、まずいか？」

「うーん、貰ったとき酒は駄目だって言われたんですが……」

フレンは瓶に貼られたラベルに目を向け、少し考え込む。

「まあ良いんじゃないですかね。アルコールで、緊張もほぐれるかもしれませんし」

早速、レナードは酒で割った薬を流し込む。見た目の悪さに反してのどごしも味も悪くない。

だが、飲んだところでさしたる変化はなく、不安な気持ちが消える気配はなかった。

「あまり、変化がないようだが」

「おかしいですね、即効性があると書いてあったんですが」

だが、いくら待っても変化はない。

やはり自力でどうにかするしかないのかと肩を落とすレナードから、フレンは苦笑交じりにカップを受け取る。

「まあともかく、頑張って下さい。そのうち効果も出てくるかもしれませんし」

フレンは最後まで背中を押してくれたが、レナードが唯一返せたのは弱々しい微笑みだけ。

だがそれだけでも、気弱な自分にしては上出来な方かもしれない。

今は少しでも前向きになるべく、レナードはそう思い込むことにした。

＊＊＊

霧が晴れ、星の位置を読めるようになってようやく、アンは船が娼館のあったカフナの島から離れ、レナードの領地であるミドルズ諸島へ向かっているらしいと気づいた。

アンの住まうパルマーナ国は国土のほとんどを海が占める島国で、王城のある『ルマン島』を中心に約二十の島が点在し、貴族たちはそれぞれ島とその周辺海域の管理を任されている。

アンの家、クローデル家に与えられた島は小さなものだったが、レナードの実家は国で最も力のある五家と言われる侯爵家の一つで、三つの島とその周辺海域を領地として持っていた。実家との確執から彼は一度侯爵家を出ているが、一族のほとんどは反逆者として処刑されてしまったため、彼は今も唯一生きている末の弟と共に、このミドルズ諸島を拠《きょ》点《てん》に生活しているらしい。

一応侯爵の爵位を得る時に国王から領地もと言われたそうだが、彼はそれを必要ないからと断った。

国の南方にあるこの辺りは海流も気候も穏やかで、多くの商船が外国とパルマーナを行き来する航路として使っているため、どの島の港も常に栄えている。

それにパルマーナではなかなかお目にかかれない様々な品物が売り買いされており、パルマーナ国内外からも多くの商人がやってくるゆえに、下手な領地をもらうよりよっぽどいい税収を期待できるのだ。

そんな豊かな島々はアンの憧れの場所でもあり、幼い頃はそのにぎやかさを楽しみによく遊びに行ったものだが、昔のようにアンの気持ちは高揚《こうよう》しない。

『略奪』された状況はもちろんだが、アンの心に暗い影を落としている原因は、この船内にあった。

霧が晴れ、ようやく船の全体像が摑めるようになると同時に、アンはあることに気づいてしまったのだ。

（この船の人たち、みんな綺麗で……すごく似てる……）

それも、アンのよく知る人物に似ていると気づくと同時に、彼女はレナードにつきまとう、とある噂のことを思い出す。

一年のほとんどを海の上で過ごすレナードには、英雄だと賞賛される一方、人々から囁《ささや》かれている噂があった。

それによれば彼は女性を愛せない体で、身よりのない若い男を見つけては船に乗せ、自分の恋人として教育し、昼夜を問わず乱痴気騒《らんちき》ぎを繰り返しているというのだ。

乱痴気騒ぎは大げさかもしれないが、正直アンはその噂を本当だと思っていた。

何せ昔から、レナードの生活には侯爵らしからぬ不可思議な点が多く、その点を結べば結ぶだけ、噂の真実みが増してしまうからだ。

彼はもう三十八になるというのに未だ独身で、女性との浮ついた噂一つ上がらない。社交の場に出てくることもほとんどなく、一方でなぜか男受けだけはやたらと良い。『あいつは男の中の男だ』『正直、男の俺でも惚れちまう男気がある』『女だったら抱かれてる』という具合に、彼と会ったことのある男性はやたらと彼を絶賛するのである。

そして極めつきが、この船上の様子だ。

船乗りと言えば逞しい男性が多いはずなのに、船員たちの顔立ちは麗《うるわ》しく、体も華奢で女のように見える者までいる。

そして何よりアンが気になったのは、彼らの顔だった。

（本当に似てる……気持ち悪いくらい似ている……）

アンのよく知る人物とあまりによく似た船員たちに、彼女はレナードへの嫌悪感を強める。

そんな時、アンの中で自分の評価が下がっていることを知りもしないレナードが、船長室へと続く昇降口を慌てた様子で駆け上がってきた。

「待たせて悪かった。普段片付けをしないので、女性を招待するのはあまりに忍びなくて……」

彼の様子を見て、アンはしばらくここで待っているようにと言われていたのを思い出す。

どうやら彼は掃除をしていたらしいが、彼の男色を確信しているアンには、その証拠を急いで隠したようにしか思えなかった。

「とりあえず入ってくれ。一応居心地が良くなるよう整えた」

「いえ、私はここで」

「甲板にいるにはそのドレスは少し薄すぎるし、この分だともうすぐ雨が来るぞ」

なおも突っぱねようとしたとき、入って欲しいと懇願するレナードの顔色が少し悪いことに気がついた。

「具合、悪いんですか？」

「君を心配させるほどのものじゃない」

「でも、目も充血していますし……」

「先ほど気付けに酒を飲んだから、そのせいだろう」

レナードは笑みを作るが、向けられた瞳は熱っぽく潤んでいる。

けれどそれ以外はむしろ元気そうで、レナードは早く行こうとアンを急かすばかりだ。

しかたなく、アンは昇降口をおり、船長室の扉をくぐる。

そこで彼女は目を見開いた。

「これで片付けたんですか？」

「ああ、こんなに綺麗なのは二年ぶりだ」

レナードは自慢げに胸を張るが、テーブルの上には海図とラム酒の瓶が積まれているし、ソファの上には銃や剣が無造作に放られている。

かろうじて寝台の上だけは綺麗だが、それが逆にアンの心を重くする。

「この状況は、片付いているとは言い難いと思います」

「しかし、床には何も落ちていないしパンくずも払ったんだぞ」

あくまで得意げな姿勢を崩さないレナードに、アンはため息を重ねる。

「侯爵様は、もしかして片付けが苦手ですか？」

「レナードと」

不意に訂正され、アンは僅かに目を見開く。

「その肩書きは勝手に押しつけられたもので、あまり好きじゃないんだ」

「ではレナード様とお呼びさせていただきます」

「いや、レナードが……」

「レナード様で」

かたくなに繰り返すと、レナードは捨てられた子犬のような目でアンを見る。

それを無視し、アンは今一度汚らしい船長室に目を向ける。

船尾《せんび》甲板の下に当たるこの船長室は、片付いてはいないものの船の中にしてはそれなりの広さがあり立派な家具が置かれていた。

海図の広げられた机を中心に、体の大きなレナードが寝ころんでも十分な寝台、そして航海日誌がしまわれているらしい本棚が、それぞれ壁や床にしっかりと固定されている。

それらを照らす光はカンテラ一つなので少し暗いが、片付けてさえいればそれなりに見栄えのする部屋だろうなとアンはぼんやり考える。

「気に入ったかな？」

部屋を観察したまま物言わぬアンに不安になったのか、レナードはそっと彼女を窺《うかが》う。

それに答えるのもおっくうで聞き流していると、物言わぬアンに不安を覚えたらしいレナードが慌てた様子で言葉を繋いだ。

「気に入らなくても安心してくれ。君との生活のために新しい屋敷と船は用意してある。

そちらはちゃんと綺麗だし、住み心地も良いはずだ」

「新しい……屋敷？」

「国王陛下から新しい爵位をいただいた後、元いた侯爵家の実権も屋敷も弟に渡してしまってな。新婚生活を気兼ねなく送るためにもと、本邸とは別の島に屋敷を構えたのだ」

本気なのだろうかと、思わず疑ってしまうのは彼の性的指向を知っているからだ。

けれど一方で、レナードがそれくらいのことをしかねないこともアンは知っている。

何せアンは、彼の特別な友人の娘なのだ。

レナードとアンの父フィルはパルマーナ国の軍学校で机を並べ、卒業後は同じ船に乗り国防に従事した旧友だ。

フィルは任務中に負傷し二十代半ばで軍をやめたが、レナードの方は隣国との戦争が終結した二年前まで、現役で活躍していた。

貴族の嫡男が長いこと軍にいるのは珍しいことだが、除隊してなお船乗りを続けているところを見ると、彼は船の上での生活が性に合っているのだろう。

また彼は若い頃から実家の侯爵家とあまり折り合いが良くなかったようで、船以外に帰る場所が無かったのかもしれない。

アンの父もそれを知っていたから、彼はことあるごとにレナードを家に招待していた。

そしてフィルがレナードを好いているように、レナードもまたフィルを特別な友だと言い、その娘のアンにも優しくしてくれた。

船に乗るのが好きという貴族令嬢らしからぬアンの趣味を責めたり貶《けな》したりすることもなく、『アンは立派な船乗りになれるな』とむしろ喜んで自分の船に乗せてくれた彼が誰よりも好きだった……時期もある。

けれどそうした交流はアンが十三の春を前に終わりを告げた。

理由は二つ。

一つ目は、フィルが亡くなったのとほぼ同時に、隣国との戦争が激しさを増したこと。レナードは前線に赴《おもむ》くこととなり、年に数回しか国に戻って来られない生活を送ることになったのだ。

そしてもう一つの理由は、アンがある秘密に気づいてしまったこと。

秘密とはもちろんレナードが好意を向ける相手のことで、それに気づいたきっかけは幼いアンにはあまりに衝撃的なものだった。

あれは戦争の直前、病床のフィルをレナードが訪ねてきた日のことだった。

彼のことを待ちわびていた幼いアンは、レナードの来宅を聞きつけ、父フィルのもとにいる彼に会いに行き、見てしまったのである。

レナードと父が愛を囁き合う姿を――。

二人を驚かせようと僅かに開いた扉の隙間から中を覗き、そして聞いたのだ。

『愛しているんだ』と父に訴えかけるレナードの声を。

扉の隙間から漏れ聞こえた声は切なげに掠《かす》れていて、それが余計に父への想いの強さを表しているようだった。

それを聞いてようやく、アンは母の置き手紙の意味を知った。

あれはレナードに恋をし、母を愛さなかったフィルへの当てつけの意味もあったのだ。

たしかにフィルは、母と居るよりレナードとの時間を大事にしているように見えた。

レナードと遊びたいというアンを無理矢理外に出し、彼と二人で一日中書斎にこもっていた日も一度や二度ではなかった。

二人の関係に気づくと、今まで不自然に感じていたことのすべてに合点《がてん》がいき、アンは確信した。

この二人は、恋人同士だったのだと。

同時に、幼いアンはレナードが憎くなった。母が出て行ってしまったのは彼のせいに違いなく、自分へ向けられた優しさは父がいたからこそのものだというのが無性に悔《くや》しかった。

以来アンはレナードを避けるようになり、その後フィルは亡くなりレナードは戦場へと向かった。

戦争の間、クローデル家の逼迫《ひっぱく》した経済事情を知ったレナードが融資を申し出たが、すべて拒否したし、贈られてきた金銭もアンは突き返してしまった。

その温情のすべては父への愛情から来るものだと思うと、どうしても素直に受け取れなかったのである。

そうしているうちにクローデル家の家計は悪化し、一方戦争で武勲《ぶくん》をたてたレナードはいつしか英雄とまで呼ばれる軍人になっていた。

元々身分差があることはわかっていたが、戦争での功績から新しい爵位を得たレナードはもはや雲の上の人で、今更連絡を取り合うのも気が引けているうちに、交友は完全に途絶えた。そしてそのことに、アンは少しだけほっとしていた。

もう二度と彼の施《ほどこ》しを受けることは無いだろうと思っていたのだが、どうやら彼はアンたちを完全に見放したわけではなかったらしい。

（だからって、屋敷を建てるのはやりすぎだけど……）

思う反面、レナードは昔からやたらと思い切りのいい人だったので、実際に建ててしまっているに違いないのが更に心苦しい。

「アン」

嫌な記憶を思い出し、ため息を重ねるアンに、レナードが心配そうな顔で近づく。

そのままそっと肩に手を置かれると、アンは久しぶりに触れた彼の温もりに泣きたくなった。

けれど一方で、ここでほだされてはだめだと思う自分もいる。

（やっぱりこの人にだけは、頼りたくない……）

きっかけが父への愛情だとしても、こうして自分を助けてくれたのは彼の優しさ故のことだとわかっている。

でもだからこそ、アンはそれを受け入れられなかった。

（それに甘えすぎたら、またあの気持ちを思い出してしまうかもしれない……）

幼い頃からずっと、胸の奥でレナードへの特別な感情が燻《くすぶ》り続けていることに、アンは気づいていた。

友に感じるような親愛とも違う特別な気持ちが、いつか報われるのではと思ったこともあるけれど、父とのやり取りを見てその考えは捨てた。

それに、レナードの想いがまだ父フィルに向いているのは、見目麗しい船員たちと、娼館で彼に贈られたプロポーズの言葉から明白だ。

（レナード様って嘘《うそ》がつけない人なのね……。あんなひどいプロポーズ、初めて聞いた）

今時歌劇でもお目にかかれないような下手くそな愛の詩を歌い、跪く彼の姿はやけに芝居がかっていて、滑稽《こっけい》としか言いようがなかった。

下手な自覚があるのか、レナードの顔はこちらが照れるほどに真っ赤だったが、それでもなお偽りのプロポーズを続けてくれたのはきっとアンを助けるために違いなく、だからこそアンも気のないそぶりを貫くことができたのだ。

彼が同情から自分を娶ろうとしてくれているのがわかったから、思ってもいない言葉で彼を罵《ののし》れた。

あれがなければ、久々に会った彼の前で、アンは自分の気持ちに蓋をできていた気がしない。

（レナード様が、醜いおじさんになっていればまた別だったかもしれないけれど……）

未だ男らしさと大人の色気を失っていないレナードの姿に、アンはこっそりとため息をつく。

レナードの容姿は一目でアンの心を捕らえ、彼女は危うくかつての想いに呑まれるところだった。

（でももう、大丈夫……。もう、間違えない……）

高鳴りそうになる胸を落ち着かせながら、アンは側に迫るレナードから顔を背ける。それを拒絶と取ったのか、レナードは慌てた様子で肩に置いた手を引いた。

「とりあえず、今日はゆっくり休むと良い。君もいろいろ大変だったと思うし」

落ち着きのない様子で、アンを寝台へと促すレナード。それに従い寝台に腰を下ろしたアンは、彼に気づかれぬようゆっくりと息を吐く。

（大丈夫、私はやれる）

寝台に腰を下ろすと同時に、アンはドレスからこぼれそうな胸元へと指を這《は》わせた。そのどこか官能的な仕草に、すぐ側のレナードが動揺するのを感じながら、アンは上目遣いに彼を見つめた。

「気遣いは嬉しいけれど、私はここで寝るつもりはありません。それに、あなたの奥さんになる気も無いわ」

きっぱりと言い放てば、レナードは男らしい眉を情けなく寄せ、何か言いたげに唇をすぼめている。

どうやら言葉を探しているようだが、アンは彼の反応を待つ気は無かった。

「娼館に入ったのは自分の意思です。もう誰かに頼るのも、救いを待つのもまっぴら。これからは自分の体で稼いで、自分の力でやっていきたいの」

「それはつまり、その……」

「あなたが略奪したのは子爵の娘ではなく、誰のものにもならない一人の娼婦。それでもこの体を抱きたいというなら、お金を払っていただけますか？」

細い手をまっすぐに伸ばし、アンは金を出せと指を折る。

その様子にレナードは慌てて身を引き、困り果てた顔で目を泳がせた。

明らかに逃げ腰になったレナードに腕を伸ばし、その手を取る。

そのまま探るように彼の無骨な手のひらを撫《な》でると、レナードはまるで蛇《へび》に睨まれた蛙《かえる》のように動かなくなった。

急な展開に動揺しているのか、娼婦を思わせるアンの態度にあきれ果てているのかはわからないが、後者であればいいと思いながらアンはレナードの手の甲に、そっと口づけを落とした。

（さすがにここまでやれば、私がもう昔の私じゃないってわかってくれたかしら）

レナードの施しを受ける価値もないとわかれば、きっと彼も愛想を尽かすはず。

そう思い、アンは娼館で出会った娼婦をまねて、とびっきり妖艶な笑みを浮かべた。

都合がよいことに、十八という年には似合わぬ大人びた顔立ちとふくよかな体は、この手の演技にはうってつけである。このまま気持ちを押し殺せば、レナードを騙《だま》すことは簡単だとアンは高をくくっていた。

「もしくは、この船で商売をさせてもらうのでも構いませんよ。ここには、女に飢えた若い男が多そうだし」

腕を下ろしながら、とどめとばかりに卑《いや》しさを言葉に乗せる。

「今、なんて？」

変化が起きたのは、その時だった。

それまでの動揺が嘘のように、レナードの声に重みが増し、彼の瞳から優しげな色が消える。

違和感を覚えつつも、アンはそのまま演技を続けた。それが、恐ろしい結果をもたらすとも知らずに。

「船員たちの体を慰めてさしあげようかと申し上げたの。お金は取るけど、昔のよしみでちょっとくらい負けても構いませんよ？」

告げながら、恥ずかしさを隠して、ドレスを僅かに引き下ろす。

元々肩口が広く開いていたドレスは、下に引けば簡単に肩が露出し、外気に触れた肌が僅かに震える。

少し寒いけれど、過度に肌を見せるのは娼婦が男を誘う常套《じょうとう》手段だ。ここまですれば完全に呆れられただろうと確信し、顔を伏せる。

「俺の船員たちと、寝るというのか？」

レナードの大きな手がアンの細い腕を力強く捕えたのは、その直後のこと。

冷たさを増した低い声音とは裏腹に、腕を摑むレナードの手のひらはひどく熱い。

甲板での顔色を思い出し、やはり具合が悪かったのではと今更心配になるが、それを口にする余裕は与えられなかった。

「俺の船員たちと、寝るのかと聞いている」

見上げたレナードの顔は、もはや別人だった。

情けない表情は影を潜め、怒りの炎を宿した瞳が、まっすぐにアンを貫いている。

レナードの激しい変貌に、彼女は今更のように思い出した。

この船にいるのは皆、レナードの『恋人』なのだ。そんな彼らと寝ると言われて、彼が怒らないわけがない。

「もちろん、あなたの許可が無ければしないけれど……」

「許可など絶対に出さない」

出すものかと低くうめきながら、レナードはアンの腕を摑んだままベッドに押し倒す。

予想外の展開にアンが息をのんだ隙を突き、レナードは食らいつくように彼女の唇を貪《むさぼ》った。

「……ん…ふぅ」

突然の口づけに動転したアンは、口内へと割り入ってくる舌に抗うこともできず、レナードの熱い吐息を受け入れるほかない。

舌と呼吸を搦《から》め捕られ、口づけすら未経験だったアンは、息苦しさに喉を鳴らす。

「娼婦を気取る割には、口づけが下手だな」

その上いつしか、レナードはまとっていた飾り帯とコートを脱ぎ捨て、身軽な格好でアンの上にまたがっていた。

海賊を思わせる派手な外装をとり、仕立ての良いジレとシャツにズボンだけを纏《まと》ったレナードからは、粗野な雰囲気が消えた。

貴族としての気品が垣間見えるその姿は皮肉にもかつての彼を思い起こさせ、無理矢理押し倒された後だというのに、隠していた彼への想いがアンの中でくすぶり始める。

けれど蘇《よみがえ》り始めた甘い想いは、やはり幻想だ。

アンを組み敷いたレナードが再開した口づけは、愛情からはかけ離れた乱暴なもので、ドレスの上からアンの体をまさぐる手の動きは、獲物の急所を探す獣のようだった。

侯爵に恋をした幼い少女がもういないように、少女が愛した心優しい侯爵もそこにいないのだと、荒々しい口づけからアンは感じ取る。

「どう……して……」

「相手をするといったのは君だ。ならば、君に拒む権利は無い」

ドレスの上から強く胸を揉《も》みしだかれ、アンの口から甲高《かんだか》い悲鳴がこぼれる。

だがもちろん助けなど来るはずもなく、拒絶のために発したはずの悲鳴はいつしかその色合いを変えた。

「あぁ……んッ……！」

乱暴な愛撫の中から湧き上がる得体の知れない滾《たぎ》りに、アンの唇からは淫らな息がこぼれ出す。

「望むならいくらでも金をやる。だがお前の相手は俺だけがする。他の者には絶対に触るんじゃない」

ドレスをはぎ取りながら、俺だけだとレナードは繰り返す。

その言葉に、アンは心が冷えていくのを感じた。恋人たちを汚されないよう、彼が躍起《やっき》になっているように思えたのだ。

（きっと本当は、私とこうするのも不本意なんだわ……）

ならば海にでも捨てて欲しいとアンは思ったが、どうやらレナードは自分の言葉をアンの体に覚え込ませるつもりらしい。

怒りに顔を歪めたまま、二度三度と唇を貪りながら、レナードはアンの胸を締め上げていたコルセットに手をかける。

娼館で無理矢理着せられたそれはアンの体に合っておらず、彼女の体を歪に変形させていた。

アンは貧乏暮らしが長かったせいで体が細く、胸以外はかなり華奢だ。

それを見た娼館の主が、その貧相な体を少しでも隠そうと、コルセットをきつく締め上げ、ドレスを着せたのだ。

「これも、男を手込めにするために締め付けたのか？」

本当は自分だってこんなものは着たくなかった。

そう思っていたが、本音を口にすればレナードはアンの苦痛に気づき、かつての優しさを取り戻してしまうかもしれない。

彼に頼りたくないアンにとって、それだけは絶対に避けたかった。

「こっちの方が、男はそそるんでしょう？」

レナードの手で無理矢理うつぶせにされながら、アンは吐き捨てるように言う。

そして押しつけられたシーツの海から無理矢理顔を上げ、アンはレナードを振り向きざまに睨んだ。

「そういう勝ち気な顔と言葉、フィルにそっくりだ」

レナードからこぼれた父の名に、アンの胸が刺すように痛んだ。

そして今更のように、男色家の彼が自分を抱けるのは、この顔が父に似ているからだと気づく。

昔からアンは父親似だとよく言われてきた。思い起こせばレナードにもこの顔を幾度となく褒められたのだ。

この人は、私の中に父を見ているに違いない。

だからこそ、あんなにも熱い口づけをしてきたのだ……。

そのことが悔しくて、アンはシーツをきつく握る。

一方レナードは、ブーツから小ぶりのナイフを引き出し、アンを締め付けていたコルセットのヒモを一気に切り裂いた。

「……かはっ…」

急に胸が楽になり、アンは思わず咳き込む。

かなり無理に締め付けられていたのだと気づいた瞬間、解放された胸を無骨な手のひらが包んだ。

「この方がもっと良い」

「……ふ、くッ」

「まだ口づけしかしていないのに、もう硬くなっているぞ」

「……ちがっ……」

「ならばその潤《うる》んだ瞳に焼き付けろ。自分の頂《いただき》がどれほどいやらしく硬くなっているか」

乳房とその頂を見せつけるために、レナードはアンの体を抱き起こす。

そして彼は自分の膝の上に彼女を座らせ、ぷくりと熟れたアンの乳首を強い指で擦りあげた。

「ひぃう、んっ！」

「ここを擦ると、いやらしく立ち上がるのがわかるか？」

「……んんぁあ…」

アンの反応を楽しむように、レナードは左右の頂をいやらしく嬲《なぶ》る。

そのたびにアンの乳首は弾力を増し、救いを求めるように天に向かって立ち上がる。

「この分だと、下もいやらしい蜜が溢れているだろうな」

「……ふぅ……ん」

耳を食みながら囁くレナードの声に応えるように、アンの下腹部が熱く疼《うず》く。その熱を逃がしたくてもぞもぞと動かすが、動けば動くだけ疼きは高まり、アンの奥に切なさのようなものがこみ上げてくる。

「確認してやろう。君も、自分の目でちゃんと見るんだ」

自分の体の変化に戸惑うアンから、レナードは手早くドロワーズをはぎ取った。

「やぁ、あ……」

外気に晒《さら》された肌が、冷たさと恥ずかしさに震え、同時にアンの豊かな乳房がレナードを誘うように揺れる。

「そろそろ頃合いか」

レナードの無骨な指が、アンの体に沿って局部へと下りてくる。

指がたどり着く場所に気づいたアンは慌てて膝を閉じ、レナードの腕を摑もうとしたがもちろん無駄な抵抗だった。

「少し、いい子にしていろ」

言うなり、レナードはアンを仰向けにベッドに転がすと、彼女の腕を摑み、頭の上に固定した。

手首に何かが巻き付く気配がして恐る恐る上を見ると、無理矢理重ねられたアンの手首をレナードが細く長い布できつく縛《しば》っているところだった。

それは先ほどレナードが飾りとして腰に巻いていた布で、レナードはその片方の端で彼女の手を固定し、もう片方の端をベッドの梁《はり》に結びつけていた。

腕を上げたまま固定されたせいで、体を隠すものは何一つ無くなる。

それが恥ずかしくて、アンは手をほどこうと身をよじるが、固く結ばれた布はびくともしなかった。

「ほどいて……」

懇願するアンを見たレナードの瞳に、躊躇いのようなものがよぎる。

「レ……ナード」

身をよじるたび、アンとベッドを繋いだ布がきゅっと音を立てながら締まりを強くする。

そのたびに布で擦れた腕が痛み苦痛の声を漏らすと、レナードは縛られた手首にそっと口づけを落とした。

「いい子にしない、君が悪い」

陰りを帯びた表情で囁いて、レナードはぴっちりと閉じられたアンの太ももを強く摑む。

それを割り開くと同時に脚の間に体を滑《すべ》り込ませ、閉じられないようにしてしまった。

「ああ、もしかして縛られるのが好きなのか？」

「ち、ちが……っ！」

「だが先ほどよりも、ここは濡れているようだぞ」

「さ、さわら…な……」

「すごいな、どんどん溢れてくる」

アンの局部に指をこすりつけ、レナードは流れ落ちる蜜で指を汚す。

初めて触れられたそこは敏感な場所で、指が動くたび、アンの腰がびくんと飛び跳ねた。

「これならば、もう入ってしまいそうだ」

何がと尋ねる間もなく、下腹部の疼きが突然痛みに変わる。

アンは思わず悲鳴を上げ、先ほどより高く腰を跳ねさせると、レナードの満足げな笑い声が響いた。

「あぁッ……ん…」

「まだ指を挿《い》れただけだ、少し我慢しろ」

「ぬ……いて……」

「これで痛がっていては、何も受け入れられないぞ」

「もう、むりぃ」

奥に指を進ませ、レナードはごつごつと節くれ立った指でアンの溢れ始めた蜜を掻《か》き出していく。

「め……だめぇ、いれ……ぃで」

「挿入も無しで金を取るつもりとは、ずいぶんとお高くとまった娼婦だな」

「……はぁ……んぅ……」

指が中に当たるたびに生じる痛みと疼きは不快だった。

けれど何度も中を擦られていると、不快感は徐々に収まり、奥が何かを求めるように震え始める。

震えが大きくなるたびアンの吐息と蜜には熱がこもって、それが彼女の意識をかすませていく。

「大分蕩《とろ》けてきたが、まだ俺のを受け入れるには足りないか……」

秘部を掻き混ぜていた指を一度抜き、レナードは蜜のしたたる入り口を優しく撫でる。

刺激が無くなりほっとする反面、指が抜けた後も中の熱は消えず、それが何とも切ない気分にさせる。

そのまま無意識にアンが腰を揺らしていると、ある時レナードの指先がアンの一番敏感なところを掠めた。

「やぁああ……、ッ！」

感じたこともない、はしたない感覚が全身に広がり、レナードの愛撫で惚《ほう》けていた意識が一瞬だけ鮮明になる。

「ここか……」

アンの変化を感じ取り、レナードは敏感なところを何度も擦る。そのたびにアンの腰はシーツの海を淫らに跳ねた。

(腰が……とまらない……)

何かを求めるようにうごめく体はもはや制御できず、アンはただただ体を駆けめぐる熱に翻弄《ほんろう》されるしかなかった。

「こんなに感じる体なら、たしかに娼婦として十分やっていけそうだな」

蜜をこすりつけた指で今度はもう一度乳房をさすり、レナードはアンの気を高めていく。

「くぁあ、ああんッ……!」

そして四度目に秘部を掻き回された時、アンの体を得体の知れない衝撃が走った。

腰から生じた衝撃は全身を駆けめぐり、熱の走った体はアンの意識から切り離され、いやらしくひくひくと痙攣《けいれん》を始めた。

勝手に動く体を、そして得体の知れない衝撃がもたらす気持ちよさをアンは恐ろしく感じるが、止めることはできない。

(気持ちいいことしか、わからなくなる……)

熱と気持ちよさの波が去った後、最後に訪れた虚脱感《きょだつ》に、アンはベッドの上でぐったりと沈む。

それを見たレナードは、この時ばかりは優しく、アンの体を愛おしそうに撫でた。

「達したか」

しかし優しい愛撫はそこまでだった。

力の抜けたアンの腰を持ち上げると、レナードは今一度彼女の脚を大きく割り開く。

あまりの羞恥にアンは思わず脚を閉じようとするが、達したばかりの自由の利かない体でレナードに敵うわけがない。

その上腕は未だ縛られたままなので、持ち上げられた体は弓のように反ってしまう。

「俺のは少し大きいらしいから、苦しいぞ」

何が大きいのかという疑問は、すぐに解決した。

着衣を取り払っていたレナードからそそり立つ雄が、アンの秘所にあてがわれたのだ。

「……やぁ、ああぁッ！」

これから行われることを本能が感じ取り、アンはレナードから逃れようと身をよじる。

その時、不意に船が大きく揺らいだ。

あわせてレナードに持ち上げられていた体もしなった。

揺れは一度ではなく、少しずつ大きくなりながら続いたが、レナードは体勢を崩すことなくアンの腰をしっかりと摑んでいた。

船の揺れに合わせて左右に揺れるカンテラの下、自分と腰を合わせるレナードの姿を見たアンは、今更ながらその巨躯に息をのむ。

寝台の上に膝で立ち、今まさにアンの中へ楔を打ち込もうとしているレナードは、大波をも割る岩のようだった。

揺れる光によって陰影を変えるその体は、鍛え上げられた筋肉と、戦でついたらしいいくつもの傷によって雄々しく隆起していて、絵画などでは男の裸体を見たことはあったアンも、その猛々しさには思わず目を奪われる。

そうしているとなぜだか体の奥がじわりと熱くなり、アンの秘部からは再び蜜がこぼれ始めてしまう。

自分の変化に戸惑い息をのむが、達したことで最初より緩んだのか、蜜はその量を増し、アンの心とは裏腹に体はレナードを受け入れる準備を整えていた。

「挿れるぞ」

「ぁはッ…あ……」

溢れ出る蜜の源流を探すように、レナードがアンの蕾に楔を挿し入れる。

その先端が入り口をぐっと押し開くと、恐ろしいほどの圧迫感に一瞬アンの息が止まった。

「ずいぶん……狭いな……。もしや、初めてか……？」

歓喜した様子でレナードが問いかけるが、アンの口からこぼれるのは熱い吐息と嬌声《きょうせい》だけ。

「いた……い……！」

彼女の意識は、自身の下腹部に押し入られた熱い塊へと集中していた。

「これが痛いようでは、娼婦などやっていけないぞ」

「やぁ……ッう…んンっ！」

「まだ半分だ、力を抜け」

レナードがそう繰り返すが、アンの耳には届かない。

「困った娘だ」

「……ふぅ……ぁん」

いつまでたってもかたくななアンをほぐすように、レナードは一度アンを寝台に下ろすと、覆い被さるように彼女の唇をふさぐ。

最初は抵抗していたアンだが、レナードの舌が上あごをくすぐると、次第に自ら舌を絡め始める。

ぴちゃぴちゃと音を立てて唾液を交換するたび、アンの舌はレナードへの応え方を学んでいくようだった。

吸い上げ、唾液を絡ませ、舌で歯茎《はぐき》を撫でるレナードの舌を捕らえるのは難しいけれど、アンの舌は少しずつその動きに合わせて艶めかしく追い始める。

そしていつしか二人の舌はいやらしく絡み合い、求める動きと求められる動きが綺麗に重なった。

「……んっ、ふぁ……」

ようやく釣り合いのとれた淫らな調和が、かたくなだったアンの体から最後の抵抗を奪う。

次の瞬間、今まで息を潜めていたレナードの雄が、アンの肉壁を強引に押し開いた。

「あう、は、あ、う……」

「……くっ、締め付けるな」

「ぬい……て…ッ…」

「そんなに絡みつかれては……抜きたくても抜けない」

下腹部を貫く痛みに、アンは涙を流しながら抜いて欲しいと懇願する。

けれどレナードは奥へ奥へと進むばかりで、アンの願いには応えてくれなかった。

「体…ッこ、われ……」

レナードの行為を止めたくて、頭に浮かんだ言葉や痛みをアンは何度も口にする。

けれどそれは、レナードを更に煽るだけだった。

「ずっと救ってやりたいと思っていたのに……今にも壊れそうなお前を見ていると、ひどくそそられる」

アンの腰を摑み、レナードは一度引き抜いた自身を更に奥へと突き上げる。

「……あぁん……ン、やあッ」

レナードの雄がアンの膣を抉るたび、痛みとは違う熱い疼きが下腹部から全身へと広がる。

先ほど達した時と似ているが、そのときよりずっと熱く、ずっと恥ずかしい。

(頭が……腰が……焼けてしまう……)

「ひとまず、出すぞ……！」

ひときわ強く媚肉を抉ると、アンの中で肉茎が大きくなり、熱い何かが下腹部に放たれる。

「い、やぁ、あぁッ！」

注がれた熱とそれがもたらす快感は、まるでアンを焼き尽くす炎の様だった。

放たれた炎は下腹部から上へと昇り、汗のにじんだ腹部を、硬くそそり立つ乳首を、快感に翻弄されるアンの意識を焼き尽くしていく。

「……あぁ、ん……」

アンはそこで再び達し、レナードを受け入れたまま意識を手放した。

＊　＊　＊

「……その顔は、いろいろ失敗しましたね？」

副官フレンがそう尋ねた時、レナードは乱れたシーツに顔を埋め、右手には自身が脱がせたアンのドレスを握りしめていた。

「おやっさん、聞こえてます？」

「……やってしまった」

「やるというのは、先ほどおやっさんがあの子を医務室に運んだことと関係あります？」

「……やってしまった」

レナードは相も変わらずそれしか口にできないが、フレンはこの船一の古株。レナードの言いたいことは何となく察したようである。

無理矢理アンを組み伏せ、甘さの欠片《かけら》もない言葉を吐き続け、獣のように犯したことをレナードは思い出す。

「あの子に、四回も娼婦だと罵ってしまった……。その上あんなに嫌がっていたのに、俺は何度も……」

「でもあの子、本物の娼婦じゃないっすか」

「訳があって娼館にいたが、絶対不本意に違いないのだ！」

けれどレナードが何か対応を間違えてしまったのか、アンは花嫁どころか娼婦のような態度を取った。

そうさせた自分が悔しくて、そして彼女の口にした『他の男と寝る』という言葉に底知れぬ怒りがわいて、レナードの頭から甘いやり取りは吹っ飛んだ。

そして今すぐ彼女を自分のものにし、他の誰の手にも触れさせないようにせねばと思い、欲望のまま彼女の体に自らを刻み込んだのだ。

（嫌がる彼女の腕を、縛り付けてまで……）

行為の中でも、レナードが一番後悔したのはそれだった。

ぐったりと横たわるアンの手首から布を取り払うと、その下の皮膚は痛々しい跡になっていて……、それを見てレナードは自分がいかに愚かな行為に走ったかを自覚したのだ。

(腕を縛り、無理矢理犯すなんて俺はまるで……)

ふと頭をよぎった考えに、レナードは改めて頭を抱える。

「『アレ』が出た時のように、止められなかった……。乱暴にすることしか出来なかった……」

考えれば考えるほど、レナードの頭には後悔しか浮かばない。

「あっ、でももしかして……」

打ちひしがれていたレナードに、フレンが声を上げたのはそのときだった。

「それ、おやっさんだけのせいじゃないかも」

「何？」

「ほんっとうに今更なんですけど、さっきの薬で思い出したことが」

飲んだことすら忘れていた薬の存在を、レナードはフレンの言葉で思い出す。

「酒と一緒に飲むと、変なふうに作用する人がいるから気をつけろって、買うときに言われたんですよね」

「……おい、じゃあまさか」

「気分を落ち着かせるはずが興奮させたとか、おやっさんの『アレ』を目覚めさせちゃったとか、あるかもしれないっすね」

「お前、それを先に言え!!」

怒鳴り声を上げれば、フレンは少しだけ申し訳なさそうな顔をする。

「おやっさんだし、薬飲んで変になったところで大事にはならないだろうなぁと思ったんですよ」

「何を根拠に……」

「だってあの子、おやっさんが何十年も手を出せずにいた子でしょう？」

尋ねられ、レナードは怪訝《けげん》な顔でフレンを見つめる。

「お前に、アンとの出会いの話はしてないよな……」

「されてはいませんが、もしかして『あの子』かなって」

「あの子？」

「おやっさんが年甲斐《としがい》もなく一途に恋してる『妄想の彼女』のことです」

「もうそう……」

「おやっさん、暇があると机に向かって送る当てのない恋文延々かいたり、海風に向かってポエムとか詠《よ》んでるじゃないですか。あれは『妄想の彼女』に宛てたものに違いないって、みんな言ってますよ」

いつの間にそんな噂が蔓延《まんえん》していたのかと驚愕すると共に、レナードは自分の愚行が周知の事実であったことに恥ずかしさを覚え、震える。

「それにこれから向かうマイルズ島の邸宅って、あれ『妄想の館』でしょう？」

「何だその妙な名称は」

「今向かってる、おやっさんが休暇のたびに一人で籠もってるあの屋敷のことですよ。あれ、空想の中の彼女と過ごすために作ったお屋敷なんでしょ？」

そんなんじゃないと、レナードは居心地悪そうに体を小さくするが、フレンはそれを鼻で笑った。

「今更嘘つかなくても良いですよ。どう考えてもあれ、独りで住むには広すぎるし、あの屋敷でおやっさんがニヤニヤしながら一人たたずむ姿、俺見たことありますよ」

そこまで断言されてしまえば、レナードはもう何も言い返せない。

そもそも、言い返せることなど何一つ無いのだ。

たしかにこれから向かう屋敷は『もしアンと結婚できたら』彼が住もうと思って建てた屋敷に違いなく、そこでニヤニヤと彼女とのあれやこれやを妄想していたのも事実だ。

だが一方で、レナードは彼女と本気で結婚しようと思ってあの屋敷を建てたわけではない。むしろ望みが叶わないであろう自分を慰める場所として、あの屋敷は活用されていた。

「良かったですね、今度こそ二人で行けて」

「良かったのか、正直未だ判断はついていない」

むしろ、良くないだろうという想いの方が強い。

何せアンと自分は二十も年が離れているし、彼女は親友の娘だ。

そしてその親友は死に際にこう言ったのだ『いくらお前が愛していても、アンにだけは手を出すな』と。

親友はレナードが驚くほど早くからアンに恋い焦がれていたのを見抜いていた。

それはもう病的なほどで、レナードの年とアンの年齢を考えれば完全に異常だ。

何せレナードは、生まれたばかりのアンを見たときから、彼女が自分に無邪気に微笑みかけてくれたときから、『この子が大きくなったら結婚したい！』と本気で思っていたのである。

もちろん、赤子を見てそんなことを思う自分を自分でも恐ろしく思った。

けれど幼い笑顔に、なぜかレナードは今まで得たことのない安らぎを感じ、どうしても手に入れたいと思ってしまったのだ。

元々レナードは親や家族への愛情に飢えていた。彼の家、ケインズ家は語るのもはばかられるほどの卑しさと歪みに満ちた家で、財産や家の権利を巡り、家族や兄弟同士が本気の殺し合いをするような家だった。

そしてそんな家に染まりかけていた頃、レナードが出会ったのがアンの父フィルである。自分とは真逆の、質素だが普通の家に生まれ、優しい時間の中で過ごし、順調に幸せを摑んでいく友。

彼の助言と勇気ある行動のおかげで、レナードはケインズ家の歪みから脱し、今の自分を手に入れられたのだ。

そんな友の幸せを見つめ、心の内で自分の未来をそこに重ねることが、かつてのレナードにとっては何より幸福な時間だった。

そんな時に遭遇した出産の瞬間。生まれたばかりのアンに微笑まれ、レナードを求めるように小さな手のひらをこちらへと伸ばされたあの時、彼は思ったのだ。

見ているだけでなく、自分もこの幸せの輪の中に入ることができるかもしれないと。この笑顔があれば、当たり前の幸せを自分も手にできるのだと。

そして早速、レナードは大きくなったらアンと結婚したいとフィルに懇願した。

『親友のお前でも、さすがに気持ち悪い』と言い切る親友に、自分のアンを思う気持ちは清いものだと何度訴えたかわからない。

けれど結局最後まで理解を得ることはできず、死の間際もアンへの愛を訴えたレナードをフィルは拒絶した。

またアン自身もレナードを避けるようになり、結果としてレナードはアンを諦めるしかなかった。

とはいえそれは表面上のことで、レナードの想いが彼女から離れたことはない。

むしろアンに搦め捕られてしまった心と体は、どんな女性を当てがわれても反応せず、滾る想いと体の熱を解放できるのは頭にアンの姿を思い描いている時だけという有様である。

『おじさま』と笑顔で駆け寄ってくるアン。

『だっこして』と愛くるしくお願いしてくるアン。

『大好き』と顔をすり寄せてくるアンなどなど、幼い彼女との逢瀬を思い描くことでしか、いつしかレナードは満足できない体になっていた。

むしろ今はそれだけでは満足できず、秘密裏に入手したアンの写真から、成長した彼女の姿を頭に思い描き、そこに幼い頃のやり取りを重ねたりもした。

美しく成長した彼女の笑顔を、おねだりを、愛情のこもった告白を妄想し、人前では決して言えないような彼女との逢瀬を何度も何度も思い描き続けたのだ。

それ故レナードは、心のどこかで現実でも妄想の通りに行くと思っていた。

もちろんアンの心を射止めなければ無理だが、射止められるまで、紳士的に、情熱的に彼女と接し、愛していけると高をくくっていたのだ。

にもかかわらず、結果はあの有様である。

薬でおかしくなってはいたが、多少なりとも自我はあったのだ。

にもかかわらず自分が抑えられなかった事が、レナードは悔しい。

一方、そうして打ちひしがれるレナードとは裏腹に、フレンはどこまでも暢気《のんき》だ。

「まあ薬の効果は予想外でしたけど、ある意味良かったんじゃないっすか？　おやっさん不器用だし、むしろ薬がなかったら更に十年はこのままだったかも」

フレンの言葉には少々ムッとするが、あながち間違ってはいないため否定も出来ない。

確かに、理性を持ったままではアンを抱くのは不可能だっただろうと考えたところで、レナードの脳裏に、腕の中で達したアンの姿がよぎった。

妄想とは真逆の荒々しい繋がりだったけれど、腕の中でよがる彼女は妄想より何倍も美しく、淫らだった。

実際に触れるアンの肌は艶やかで心地好く、ふくよかな胸を揉みしだいただけで、レナードは達しそうになったほどだ。

今だって、快楽に溺れるアンを思い出すだけで下腹部が熱くなる。

「おやっさん、また気持ち悪い顔してるっすよ」

「できる部下なら、見ない振りをしろ」

「無茶言わんでくださいよ。おやっさんの妄想は主張が強すぎます」

「まさか、漏れているのか？」

「具体的な内容は漏れてませんが、頭に浮かんでいることは何となく想像できます」

そしてだらしがないですと言われ、レナードは慌てて表情を繕う。

「お前の前ではともかく、アンの前でだらしない顔は見せられんな」

「俺の前でも、やめてほしいっすけどね」

部下は静かに愚痴ったが、レナードは再び妄想に戻ってしまい、彼の言葉を聞いてはいないようだった。

だがひとしきりアンの乱れる様子を妄想すると、今度はまたあのかたくなな表情が脳裏をよぎった。

年を取るにつれ現実のアンはレナードに頼ったり甘えたりすることは少なくなっていたが、好意をあからさまに拒絶されたのは初めてだった。

（きっと何か理由があるに違いないが……）

かたくななあの様子だと、アンがそれを教えてくれるとは思えない。

（とにかく、彼女を怒らせないよう少しずつ様子を見よう）

少なくとも妄想の中ではもう何千回も彼女のご機嫌を取ってきたのだ。

（そしてこれからは、妄想の中のように紳士的に接しよう。アンはもちろんフィルにも恨まれない、健全なおつき合いを彼女とするのだ）

改めてそう決意して、レナードは彼女を喜ばせる方法を考え始めた。

第二章

砂地を波がさらう心地好い音に包まれながら、アンはゆっくりと目を開ける。

まぶしさに慣れぬ目を擦って辺りを見ると、様子は一変していた。

そこはレナードに乱された汚く薄暗い船室ではなく、天蓋《てんがい》付きの寝台が置かれた寝室だったのである。

驚いて毛布を跳ね上げてから、骨が軋むような痛みと下腹部への違和感にアンは眉根を寄せる。

一方で、肌に触れる妙な心地好さも感じて毛布を取り払うと、これまた見知らぬ夜着が自分の体を包み込んでいることに気がついた。

着心地の良い夜着に触れ、艶やかな手触りは絹だろうかと悩んでから、アンは夜着にばかり意識がいく自分に苦笑した。

（あんなことをされた後なのにまず考えることが服のことなんて、私って相当危機感がないわね……）

この見知らぬ部屋のこと、姿の見えないレナードのこと、そして一人残された自分のこと。

考えなければならないことは沢山あるはずなのに、この心地好い夜着のせいか、それとも安らぎを感じさせる波音のせいか、アンの心には不思議と焦りや危機感がわいてこなかった。

（とりあえず、あの船よりは大分ましな場所にいるみたいだし……）

今アンのいる部屋は、昔彼女が暮らしていたクローデルの屋敷に似ていた。

実家より少し広さはあるけれど、寝かされていた寝台や、窓辺に置かれた書き物机や壁際の暖炉の造りや位置は、アンが使っていた部屋にとてもよく似ている。

むしろ似すぎていて怖いくらいだが、それでも見慣れた光景にほっとしてしまうのはたしかだ。

しかし、いつまでもそうしてのんびりしているわけにもいかない。

とにかくこの状況を確認しようと、アンは寝台からそっと足を下ろす。

そこで目に入ってきたのは、窓の外に広がる白い浜辺と海だ。

どうやらこの屋敷は海の近くにある小高い丘の上に建てられているらしく、波音が心地好く聞こえてくるのもその立地のせいだろう。

その美しさに思わず見とれていると、背後で扉を叩く音がした。

「入ってもかまわないだろうか？」

声はレナードのもので、アンは思わず息をのむ。

ハイと答えるには自分は薄着で、けれど断るにもなんと言えばいいかわからず、あたふたしてしまう。

その気配を感じたのか、アンが起きていると判断したらしいレナードは、彼女の返事を待たずに扉を開けた。

「不作法で申し訳ないが、気になったので様子を見に来た」

入ってきたレナードの顔を見るなり、アンは慌てて寝台に足を戻し、毛布で体を隠す。

それは今更ながらの恥じらいからとった行動だったが、レナードは拒絶と受け取ったらしく、扉の近くで立ち止まるとそれ以上アンに近づこうとはしなかった。

「様子を見に来ただけだから何もしない。すぐ出て行くから」

慌てふためく様子は少々マヌケで、アンの方が僅かに動揺する。

(昨日はあんなに乱暴にしたのに、まるで別人みたい……)

むしろ別人だったのではないだろうかと、アンは疑う。

記憶の中のレナードはいつも明るく、そして幼いアンのわがままや甘え声に年甲斐もなく翻弄される情けなさがあった。

外見はどちらかと言えば強面なのに、その内側にはアンと気の合う少年が住んでいるように思え、同じ目線で接してくれる彼がアンは大好きだった。

けれど昨晩のレナードは、まるで本物の海賊だった。躊躇いもなくアンのすべてを奪い、汚し、彼女の願いを何一つ聞き届けてくれなかった。

（ある意味では一つだけ、願いが叶ってしまった気もするけど……）

いつか、彼の口づけを唇に受けたい。

はしたないと思いつつも持ち続けたその願いが叶ったことを思い出すと、アンはレナードを怒るより前に恥ずかしくなってしまう。

その上、念願だった口づけは想像とはまるで違い、それが余計にアンを赤面させた。

もっと優しくて甘い時間を思い描いていたのに、体と記憶に強く残るのはレナードの舌に嬲られ翻弄される場面ばかりだ。

そしてそれを思い出すと、収まっていたはずの疼きが戻ってくる気がして、アンは思わず毛布で顔を隠す。

「具合が悪いのか」

それをどう勘違いしたのか、レナードが血相を変えてアンのもとへ近づいてくる。

「体がキツいのか？　それとも、悪いのは気分の方か？」

矢継ぎ早に質問され、無骨な指を額に押し当てられる。

縮まった距離に最初こそ緊張したアンだが、彼の表情と仕草から本気で心配されているのだと気づくと、自然とほっとしてしまう。

「体は大丈夫です」

「だが昨日は、大分無理をさせたし……」

なぜだかアン以上にレナードが赤くなり、彼はアンからおずおずと身を引く。

「本当にすまない。あんな乱暴を、するつもりじゃなかったんだ」

告げる声は弱々しく、アンはレナードが本当に後悔していることを悟る。そして同時に、彼にとって不本意な行為に走らせてしまった自分を、アンは心の内で責めた。

「私も昨日は、いろいろ言い過ぎました」

「君は悪くない。俺にもう少し忍耐と自制心があれば、君を傷つけずにすんだのだ」

すまないと繰り返し、レナードは後悔に揺れる瞳をアンへと向ける。

その瞳を見ていると『昨日のはすべて演技だった』と嘘をついたことを告白しそうになるが、すんでのところでアンは言葉を呑み込んだ。

今すべてを告白してしまったら、もう二度と彼に嘘がつけなくなる気がしたのだ。

「いいんです。私はもう、気にしていませんから」

とにかくこの話を終わらせたくて、アンは無理矢理笑顔を作る。

その笑顔が偽りであることにレナードが気づいたかはわからないが、最後にもう一度謝罪を繰り返し、彼はアンの側から離れた。

けれどそのまま部屋を出て行くのかと思いきや、レナードは落ち着かない様子で部屋をうろうろし始める。

話し足りないことがあるのは顔を見れば明白なのに、いつまでたってもうろうろするばかりの彼に、アンは仕方なく小さな咳払いをこぼした。

「まだ、何かあるんですか？」

アンの言葉に、レナードはぎこちなく動きを止める。

しばらくして彼はまとっていたコートの下から汚い紙を取り出すと、それを手の中でくしゃくしゃと動かし始めた。

「実はその、君の体調が良ければ、これからのことを話したいんだが……」

「これから？」

「俺の側にいることも施しを受けることも不本意なのは十分わかるが、やはり俺はこのまま君を捨て置けない」

口調に躊躇いはあるものの、レナードがアンに向ける瞳には固い決意が込められていた。

アンが言葉を返せずにいると、その隙にとばかりにレナードが言葉を繋ぐ。

「それにその、俺にとって君は……その……」

何か重要なことを言おうとしているのが伝わり、アンの胸に緊張が走る。

だがしかし、レナードの口からこぼれたのは、ようやく穏やかになった雰囲気をぶちこわしにする、何とも珍妙な言葉だった。

「君は俺にとって特別な……風……みたいなものなんだ」

何の前触れもなく飛び出した言葉の意味がわからずアンは首をかしげたが、それはまだ序の口だった。

「そして俺は、その、それに翻弄される椰子《やし》の木なんだ」

「……椰子の木？」

「そう、椰子の木だ！」

なぜか得意げな身振り手振りまでつけて宣言するレナードに、アンは本気で頭を悩ませる。

（……この人、突然何を言い出すんだろう）

アンが訝しがっていることにも気づかず、レナードは指で丸めていた紙にまた目を落とし、ぶつぶつと何かを呟いた後、復唱する。

「君は風で、俺は木で、つまり特別でその……」

「……え？」

「いやだからその、俺を揺らすことができるのは君しかいない……みたいな？」

（首をかしげたいのは、こちらなんだけど……）

「椰子の木じゃなくて、帆船に喩《たと》えた方がわかりやすかったかな……」

「ごめんなさい。何か言いたいことがあるなら、例えるのではなくて率直に言って欲しいのですが……」

「率直……」

なにやら慌てているレナードを落ち着かせるように、アンは努めて冷静に言葉を返す。

「話したいのは、これからのことでしたよね？」

「これからの話だ」

「それは、凪と椰子の木に関係することなんですか？」

「厳密には関係しない」

「それなら、関係する言葉で喋っていただけますか？　それか、その紙に用件が書かれてあるなら、私が直接読むのでも……」

アンの言葉に、レナードははじかれたように紙を手渡してくる。

しかし書かれた文字はとにかく汚くて、残念ながら読み解くのは不可能だった。

「ごめんなさい。汚くて読めないです」

「いつもはもっと綺麗な字なんだ。ただ、想いが溢れ出しすぎて……」

見当違いな言い訳を始めるレナードに、アンは思わずため息をつく。

（この人、こんなに訳のわからないことを言う人だったかしら……）

昔はもう少し理知的な部分があった気がするが、もしかしたら軍に長いこといたせいで、そういう部分が薄れてしまったのかもしれないとちょっと心配になる。

（軍の訓練は厳しいから、人が変わってしまう人もいるというし……）

レナードもそうなってしまったのだろうかと見当違いの心配をしていると、彼はアンが手にしていたメモを素早く奪う。

「ともかくその、俺が言いたいのはこれからもここにいて欲しいということだ」

「ここに？」

「略奪したとあの場では言ったが、一応君は俺に買われたことになっている。だからもう、あの娼館には戻れない」

「そんな、どうして勝手に……」

「わかってくれ、君を娼婦になどしたくないんだ。俺はフィルに、君の父に、君を守ると死に際に約束した」

そんな話は初耳で、アンは思わず耳を疑う。

「だが長い戦争や、家のしがらみのせいで今まではそれを果たせなかった。けれど今、ようやく自由になったこの身なら、君を守れる」

守りたいのだと、レナードはアンの手を優しく取る。

その言葉と温もりには嘘が無いように思え、いかに彼が自分を大切に思ってくれるかを感じ取れた。

けれど一方で、アンはそれをまっすぐに受け取れない。

今甘えたら、きっともう後戻りはできない。一度忘れたはずの彼への想いに、向き合わなければならない。

それがわかっているからこそ、アンは素直に頷けなかった。

(結局私、この人に捨てられたくないから素直になれないんだわ……)

頼りたくない、迷惑をかけたくないと思う以上に、彼をまた好きになり、そしてそれが報われないことが怖いのだと、アンは今更ながらに自覚する。

それはあまりに自分勝手だし、レナードに失礼だとわかっていたが、アンはまだ、恐怖を隠すための虚勢《きょせい》を取り払うことができないのだ。

(女である以上、彼は絶対に私を愛してはくれない。それがわかっているのに、彼の側にいるなんて私には無理)

「俺の側は、嫌か?」

「……ええ」

「だが、君の居場所はもうどこにもないだろう?」

「それを言うなら、あなたの側も私の居場所ではないんです」

わかって欲しいと、アンは縋《すが》るようにレナードを見つめる。

けれどレナードもまた、アンに考えを改めて欲しいと、乞《こ》うように彼女を見つめ続ける。

そうして視線を交わし、二人は思いの丈を沈黙に込めた。

長いこと沈黙が続き、二人は無意識に距離を詰めながら見つめ合う。

その時控えめに戸が叩かれ、二人ははっとして、それぞれから視線を外した。

「旦那様、例のものが届きました」

扉越しに聞こえてきた声に、レナードは「今行く」と重い腰を上げた。

「続きは、後にしよう」

「私の気は変わりません」

「わかっている。だが、気が変わらないとはいえ、今すぐここを出て行くことはできないだろう?」

できると言いかけて、アンは今更ながらここがどこなのか知らないことに気づいた。

「ここは俺が所有する隠れ島だ。船がなければどこにも行けないし、そもそも船着き場は、女性が一人で歩けぬほど深い森を越えた島の反対側だ」

「じゃあ、この屋敷周辺からは出られないってことですか？」

頷かれ、アンはげんなりする。

「それって、監禁じゃないですか」

「そもそも君は俺に買われた身だ」

「だから、ここに閉じ込めておくと言うのですか？」

「可能な限り、過ごしやすいようにはする」

「否定はしないんですね」

不本意そうなアンの顔に、レナードはわかりやすい動揺を見せた。

「君が逃げずにいてくれるなら、俺の船でどこへだって連れて行く」

「でも、一人にはしてくれない……」

「それは無理だ。俺はもう、君無しではいられない」

ため息と共にこぼれた言葉に、小さく息をのむ。

レナードの呟きはまるで愛の告白のようで、アンの胸を大きく掻き乱した。

けれどその真意を尋ねる間もなく、レナードはアンから身を引いてしまう。

「略奪されたことなど忘れるくらい、俺は君を幸せにする。だから君も、幸せになることを考えてくれ」

切なげな声だけを残して、部屋を出て行くレナード。

その様子を唖然としながら見送った後、アンはふと寝台の端に一輪の薔薇が落ちていることに気づいた。

彼が、持ってきてくれたのだろうと都合の良いことを考えてから、慌ててその考えを打ち消す。

(いろいろと、都合良く考え過ぎよね。あの人が思わせぶりな言葉を吐くのは昔からだし……)

そしてその言葉に幼いアンはうっかりときめいたものだが、彼女はもう分別ある大人だ。

(都合の良い想像に酔うのは卒業しなきゃ)

そして今ある現実を見なければとアンは自分に言いきかせる。

略奪され、汚されたけれど、自分はまだ死んではいない。

そして胸の内にある、貴族としての誇りも失ってはいない。

帰るべき家も、自分を待つ家族ももういないが、泣いても消えない借金だけはまだまだ残っているのだ。

そしてアンが娼館に送られるギリギリまで家に残ってくれた使用人たちや、僅かながらも援助をしてくれた友人たちへの、返さねばならない恩もある。

それらを残したまま逃げるようなことはできない。絶対にしたくない。

度重なる不幸の中で自分を支えた想いと意地で、アンは自分を奮い立たせた。

（自分の幸せを願うより、今ある問題を片付けなきゃ）

そして何よりもまず片付けるべき最初の問題は、レナード＝ケインズ侯爵だ。

シーツの波から拾い上げた薔薇を手に、アンは自分を略奪した相手をどう出し抜こうかと、早速策を巡らせ始める。

とはいえ、早々に妙案が浮かぶはずもなく、レナードと入れ替わりに近づいてきた、賑やかな足音と三度響いたノックの音が、彼女の思考の邪魔をする。

「失礼します、奥様」

「奥様の身の回りのお世話をさせていただきに上がりました」

アンの返答を聞く間もなくやってきたのは、年老いた二人の侍女だった。

顔や手に刻まれた皺はどちらも深く、見ているこちらが心配になるほど二人の体は小さい。

一方でにこやかな笑顔は品が良く、足取りには年を感じさせない快活《かいかつ》さがあった。

「ご、ごめんなさい、こんなはしたない格好で」

夜着のままであったことを思い出し、アンは思わず謝ってしまう。

だが二人は笑顔を崩さず、気にしないようにと告げてくる。

そこでようやく、アンは自分の謝罪が見当違いなものであることを思い出した。

貧乏で借金まみれのクローデル家では沢山の使用人を雇う余裕はなく、身支度はすべて自分でしていたアンだが、貴族であるなら侍女たちに支度を任せるのは普通のことなのだ。むしろ彼女たちがこの場にいるのはそのためだと思い出し、アンは恥ずかしさに頬を染める。

けれど侍女たちはそれを気にすることもなく、逆に彼女の失敗すら包み込む暖かい笑顔を浮かべながらアンとの距離を縮めた。

「こんなおばあちゃん二人が来るとは思ってなかったから、戸惑ったでしょう？　本当は若い方のが良いのでしょうけど、辛抱してくださいね」

「この家には、私たち以外に女性がいないものでねぇ」

「お二人だけ……なんですか？」

思わず尋ねると、侍女たちは困ったように眉根を寄せる。

「うちのご主人は昔から女性がひどく苦手でね、家の使用人もほとんどが男なんです」

「私たちは坊ちゃん……じゃなかったわ、旦那様がケインズ家にいる頃からの馴染《なじ》みですから問題ないんですけど」

男色家であることは知っていたが、女性が苦手という話は初耳だった。

「本当に、苦手なんですか？」

「旦那様はまあ、黙っていればなかなかの顔でしょう？　だから昔から言い寄ってくる女性が後を絶たなくてねぇ」

「男は女性に揉まれて成長するって言うけど、旦那様の場合は逆効果だったんでしょうねぇ」

侍女たちの言葉に、アンはレナードの性的指向が歪んだ理由の一端を知った気がした。

「でも私らも安心しました。あの女嫌いのご主人が、ついに……ついに……」

言うなり、目頭を押さえる二人の侍女に、アンは喉を詰まらせた。

(これは絶対、勘違いされてる……)

先ほど奥様と呼ばれたのを思い出し、否定したい思いに駆られるが、「良かった」と泣き出す二人に「違います」と言い切る勇気がなかなか出ない。

それにこの様子だと、二人はレナードが男色家であることまでは知らないようだ。

説明の過程でうっかり彼の性的指向を口にして、二人を更に落胆させてしまうのは気が引ける。

「あらやだ、すっかり話し込んでしまったわ。まずは奥様の身支度をしませんとね」

そうこうしているうちにいつの間にか二人はすっかり元気を取り戻し、年を感じさせぬ力でアンの腕を引くと、レナード以上に強引な手つきで、アンの夜着を取り払い始めた。

＊　＊　＊

「ちょっと、聞いてます？」

乱暴な声にレナードが顔を上げると、目の前には副官フレンの不機嫌な顔がある。

聞いていなかったと、レナードが謝罪するより先に大きなため息をこぼされ、レナードはばつが悪そうに頭をかいた。

「また、嬢ちゃんと喧嘩でも？」

「まあ、そんなところだな……」

レナードは、かたくななアンのまなざしを思い出し、苦しげに息を吐く。

アンがレナードの申し出を受ける気が無いのは顔を見れば明らかだった。

もちろん彼女同様レナードも自分の意識を曲げるつもりはないが、折り合いのつかないまま、ずっと屋敷に閉じ込めておくわけにもいかない。

正直、外に放り出すくらいなら閉じ込めて縛っておきたいという思いはあるが、そんなことをすれば今以上に嫌われるのは明白だ。

それに何より、あの父親そっくりの意志の強さから察するに、彼女はただ黙って縛られているだけの少女ではない気がする。

こちらの隙をついて逃げ出しかねない気迫を、レナードはアンの表情からひしひしと感じた。

（それにしても、アンはあんなに我《が》が強い子だったろうか……）

記憶と妄想の中のアンは、普通の少女よりは快活だがあれほど頑固《がんこ》ではなかった。

自分の好意を素直に受け止め、『ありがとうおじさま』と微笑むのが常で、レナードの申し出を突っぱねることなどあり得なかった。

けれど今のアンには、逆に申し出を受けさせる方が難しい。

この日何度目かになるため息を重ねながら、レナードは副官から無意識に目を背ける。

「レナード様」

そんな時、レナードを現実に引き戻したのは今まさに姿を思い浮かべていたアンの声だった。

まだ何も対策を考えていないのにと焦りつつ、レナードは慌てて声の方を振り返り、そして、胸を詰まらせた。

「やっぱり私、まだ納得できません」

そこにあったのはやはりかたくなな表情だったが、薄い化粧を施された顔は先ほどより華やかで、レナードは今すぐ彼女に駆け寄り唇を奪いたい衝動を抑えるのに必死になった。

元々目鼻立ちが整い、唇の血色がいいアンは化粧をせずとも華やかな美しさを有しているが、化粧のおかげでその気品と美しさには一層の磨きがかかっていた。

そしてもう一つ、彼が目を奪われたのは彼女が身にまとうドレスだ。

(着てくれたのか……)

衣服を持たぬアンのためにと侍女が着せたドレスは、この館同様『もしも』の時を想像しながら、レナードがアンのためにとあつらえていたものだ。

穏やかな午後の日差しに映える藍色のそれは、妄想の中のアンが二人きりの甘い昼食会でよくまとっていたもので、レナードお気に入りのドレスでもある。

痩《や》せすぎていたアンには少しばかり大きくもあったが、侍女たちがうまく調整したおかげでだらしないところはなく、いつもより華やいだアンの美しさを、海の色が品よくまとめていた。

「綺麗だ」

しみじみとこぼすレナードに、こちらへ近づいてきたアンの歩みが止まる。

そこで彼女は何かをこらえるように眉根を寄せ、唇を堅く引き結ぶ。

どこか不本意そうに見える顔に、レナードは感想を口にしたことを後悔した。

どう見てもアンは、レナードに褒められることがあまり嬉しくない様子だ。

(妄想の中のアンは、俺の言葉にいつも喜んでくれたのに……)

女々しくもそんなことを思っていると、沈黙に耐えかねたらしいフレンがレナードをアンの方へと無理矢理押し出す。

「お嬢さんは、何か話があったんじゃないのかい?」

動揺しているレナードを察してか、フレンが声をかけたのはアンの方だった。

そのことに、何となく面白くない気分でいると、アンが躊躇いがちにレナードたちとの距離を詰める。

けれど途中で、再び歩みを止めた。

不可解な動きを怪訝に思っていると、彼女は唖然とした顔でレナードたちの後ろをじっと見つめている。

「何か、気になることでも？」

アンの視線の先を追うと、そこにあったのはレナードたちが近海の海賊から先日押収したがらくたの山だった。

「これを、どこで？」

慌てた様子で聞いてくるアンに、レナードもまたがらくたに目をこらし、それらがここに来た経緯を思い出す。

「たまたま遭遇した海賊船をつぶした時に押収した物品の一部だ」

「つぶした？」

眉根を寄せるアンの表情から、少々言葉が物騒すぎたと反省し、レナードは優しい言葉で説明する。

「軍を退役して以来、俺はこいつらと用心棒まがいのことをしているんだ。その途中で、海賊に出くわすことが多くて、そうなると必然的に激しいことが起こるというか……」

「たしかに、近年また海賊が増えているという話は私も聞きます」

実を言えば、ここ数年前まで、パルマーナ国は海賊のいない穏やかな国だった。

そもそも海賊たちが猛威をふるい、レナードは今なお語り継がれる伝説の多くを作った時代は、もはや何十年も前なのである。

しかし昨今、とある事情でパルマーナの国には海賊の脅威が戻りつつあった。

きっかけは、隣国とパルマーナ国の間で起きた戦争である。

先の戦争でパルマーナ国は特に大きな被害を出すこともなく終戦を迎え、多くの兵は働きに見合った金銭を受け取りそれぞれ家へと帰ることができた。

また貢献度によっては金銭だけでなく爵位やそれに見合った領土を得た者もおり、レナードもその口である。

一方停戦という形で戦争は終結したが、隣国『オルク』は事実上の敗戦国だ。

多額の賠償をパルマーナだけでなく他国からも迫られた結果、戦争に参加した者や、戦争で家や家族を失った者たちの補償が滞ってしまい、停戦から二年たった今でもオルク国内は混乱が続いている。

祖国に愛想が尽きた兵士たちは手にした剣の矛先を他国から母国へと変え、多くの暴動が起こした。そしてそうした兵士たちの多くがこの二年の間に海賊となり、オルク国内はもちろん他国の海域まで乗り込み、略奪を未だ繰り返しているのだ。

「最近は減ってきたけど、東の方は未だ海賊どもの略奪行為が放置されている状態だ。そしてそういう場所に商談に出かける際の護衛として、おやっさんは重宝がられてるんですよ」

レナードから説明を引き継いだフレンの言葉に、アンは得心がいったように頷く。

「未だ、英雄の名前の力は衰えていないということですね」

アンの口から飛び出した「英雄」という肩書きに、レナードはなんだかこそばゆくなる。

「そんな、たいそうなものじゃない」

謙遜《けんそん》ではなく本心から告げた言葉だが、アンはどこか怪訝そうな顔をする。

「しかし第一〇八海戦でのあなたの活躍がなかったら、戦争は後二年延びていたと言われています。そのことは、素直に誇れることだと思いますけど」

珍しくレナードを褒めるアンに、彼は思わず動揺する。

同時に腹の底からじわじわと喜びがわき出し、レナードはだらしなく垂れそうになる頬を引き締めるのに必死になった。

妄想の中でなら幾度となく褒められたことがあるし、その時の方が賛辞も大げさなものだったが、控えめな今の言葉の方が、よりレナードの胸を強く打つ。

英雄という肩書きも、戦争でたてた武勲も、レナードにとっては正直邪魔なものだった。

アンとの関係を修復できなかったのはそもそもその戦争のせいだし、そこで武勲をたてて英雄と言われてしまったがために、レナードは長いこと軍に拘束されアンのもとへろくに手紙さえ送れない多忙な日々を過ごしていたのだ。

「よかったですね、好きな子に褒めてもらえて」

そんなレナードの内情を察して、フレンが耳元で意地悪く囁く。

そんなんじゃないと羽虫を追い払うように手をふり、レナードは小さく咳払いをした。

「それよりも、後ろの荷物を気にしていたようだが……」

照れ隠しもあって話を戻せば、アンががらくたに再び目を向ける。

「ずいぶん高価なものが多いので、いったいどうしたのかと……」

「高価？」

「はい。それがひどく乱雑に積み上げられているので、何事かと思って」

そわそわと落ち着きなくがらくたの山を見ていたのはそのせいかと、レナードはようやく合点がいく。

けれど同時に、レナードは怪訝にも思った。

「これらはどれも高価なものではないよ。むしろ、価値がないからこそここにある」

「価値がない？」

「海賊からの押収品は一度国軍に渡す決まりがある。だが俺はその、海賊とやり合う回数がかなり多くてな……」

「おやっさんがあんまり沢山持ち込むから、軍の連中がその扱いに困っちまったんですよ。そのうちついに置き場がないと怒られたあげく、価値がなかったり所有者がわからないものは『がらくただから好きにしろ』と突き返されるようになっちまいましてね」

とはいえ盗品を売り払うのも気が引け、扱いを決めあぐねているうちにレナードの所有する倉庫は限界に達し、あぶれた品物が日頃あまり使われていないこの屋敷にも置かれるようになったのだ。

「できるならば所有者のところに返したい。このままでは寝る場所すら無くなってしまう」

「だからおやっさんと、いらないものは処分してしまいましょうって話を今さっきしていたんだ」

フレンが付け加えると、アンの顔にいまだかつてないほどの驚愕が浮かぶ。

「だめです、絶対にだめ!!　特にここのものは絶対に捨ててはだめです！」

慌てふためき、がらくたを守るように手を広げるアン。

それまでの大人びた行動とは打って変わり、どこか子供じみた仕草を思わず可愛いと思ってしまったレナードだが、かたくなに「だめ」を繰り返すアンに、彼は慌てて正気に戻る。

「アンはこれを、価値のあるものだと思うのか？」

可愛いと褒めたくなる口を一度つぐんだ後、レナードは真面目な顔で尋ねる。

横のフレンはまだわかっていない顔だが、レナードはアンの動揺には意味があるはずだと確信していた。

「たとえばどれが高いか、教えてもらえるだろうか？」

尋ねながらアンの横に並ぶと、彼女は少し驚いた顔で瞬きを繰り返す。

そんなに驚かせることをしただろうかと首をかしげると、アンは慌ててレナードから顔を背け、がらくたの中に置かれた一枚の風景画を指さした。

「これです」

それは小さな額に入った、パルマーナの港町トリナの灯台と海が描かれた絵だった。

霞がかかった朝の海辺を描いたそれは、色合いが重いせいか少し薄汚れているようにも見え、この手の芸術に弱いレナードには何がいいのかさっぱりわからない。

けれどもそれを見つめるアンの横顔は、再会してから今までに見た中で一番嬉しそうで、そしてそれが、ほんのちょっとだけレナードには寂しい。

「ただの、風景画にしか見えないが……」

拗《す》ねた気持ちで呟くと、アンが一言断りを入れてから、絵を持ち上げた。

「この絵はアンナ＝ベルリッツが最初に描いた風景画で、『始まりの朝』という有名なものなんです」

「アンナ＝ベルリッツとは、あの有名な女流画家の？」

絵に疎《うと》いレナードでもわかるその名を聞いて、彼は再度目をこらす。

見ただけではすごさはわからないが、それを抱えるアンの大事そうな手つきは嘘を言っているようには思えなかった。

「色遣いやタッチを見れば彼女の作品だと一目でわかります。何よりこの、右下にかかれた丸みを帯びたサイン。これが証拠です」

「ならば、相当に価値がありそうだ」

「アンナ＝ベルリッツは、パルマーナだけでなく、オルクやヴェルデルなどでも人気の高い画家です。その上この絵はアンナの作品の中でも人気の高い連作『海辺の一日』の最初の一枚で、長いこと行方しれずになっていましたから、いったいどれだけの値がつくか……」

絵画の価値はもちろん、作品の情報を詩でも詠むようにすらすらと並べていくアンに、レナードは素直に感心する。

「ずいぶんと詳しいが、いつの間に絵の勉強を？」

「父が美術品を取引する商いをやっていた影響で、私も少し」

「正直、フィルよりも君の方が詳しそうだな」

軍を辞め、家の商売を継いだものの、友のフィルはその手の眼識を有しているとは言い難かったことを、レナードはふと思い出す。

「父はまだいい方でした。兄の方は更に輪をかけてだめで、よく贋作《がんさく》を掴まされて」

「もしかして、借金の原因もそれか？」

「はい。だからせめて私が知識をつけなければと思って」

そこでアンは言葉を切ると、どこかつらそうな表情を隠すように、足下に置かれた壺《つぼ》を持ち上げる。

「こっちも、なかなか値が張りそうですね。東方の焼き物で、作者はわかりませんがこの模様は『高王時代』のものですから、骨董品として重宝されるかと」

「こんな、間抜け面の豚が描いてあるだけの壺が？」

「ええ。東の大陸の品物はその独特な色や形がパルマーナ国の貴族の間では好まれています。なおかつ年代物なら、金貨の詰まった袋を三つ四つ差し出す人も多いですよ」

「俺には、良さがまったくわからん」

しみじみこぼすと、そこでアンが小さく噴き出す。

目を細め、おかしそうに髪を揺らす彼女の姿に、レナードは改めて目を奪われる。

「アン」

改めて名を呼ぶと、彼女は慌てて笑顔を隠してしまう。

それを残念に思いながら焼き物に目をとめた時、レナードはふと、名案を思いついた。

「君は、自分の力で借金を返したいと言っていたな」

躊躇いがちに、アンは頷く。

「そうです、私はそのお話をしたくてここに」

「もうその話は終わりだ」

「だめです、私はこれ以上あなたの側には……」

いたくないと、今にも口にしそうなアンの唇に、レナードは慌てて指を押し当てる。

「話を聞いてくれ。君にとってもこれは悪い話じゃないはずだ」

大きく目を見開くアンを可愛いと思いつつ、レナードは自分の気持ちを整え、とある提案を彼女に持ちかけた。

＊　＊　＊

無駄でしかないと思っていた知識が、まさかこんなところで役に立つとは予想もしなかった。

サロンの中に所狭しと置かれた美術品を見つめながら、アンはしみじみとそう思う。

『うちにあるがらくたを鑑定してみないか』

レナードがアンに持ちかけてきたのはそんな提案で、躊躇う間もなく彼が口にしたのは、報酬《ほうしゅう》としては多すぎる額だった。

その額にアンはもちろん渋ったが、レナードはもちろんフレンにまで『頼む』と説得され、結局押し切られた。

どうやら押しつけられたがらくたの処分は二人にとって相当悩みの種だったらしい。

（まあ、私の望みは叶った形だから別にいいんだけど……）

そもそもアンが部屋を抜け出しレナードのもとに向かったのは、もう一度彼に、一方的な施しはいやだと伝えようとしたからだった。

自分にはもったいない美しいドレスを侍女たちに着せられながら、アンは改めて与えられるだけの存在であり続けることに違和感を覚えたのである。

コルセットを締めずとも着られ、堅苦しさよりも動きやすさを重視して作られたドレスはアンの好みではあった。けれど細やかな刺繍や、布地の光沢を見ればこれが高価なものだということが一目でわかるし、それを自分がまとっていいのかとアンは思わずにいられない。

貧乏生活が長かったせいか、アンはこの手の贅沢《ぜいたく》品を身につけることに慣れていない。

むしろ慣れていないことで、アンはそれらの誘惑を今日までずっと断ち切ることができたのだ。

アンも年頃の淑女であり、美しいドレスをまとって夜会や舞踏会に行くことに憧れはある。

それでも家のために、彼女はずっと憧れてきた社交界へのデビューを一度は諦めた。アンが年頃になった時には、すでにクローデル家には彼女のためにドレスをあつらえる余裕すらなかったのである。

それに出たところで、借金まみれの子爵家の令嬢に素敵な出会いなどあり得ないのはわかっていた。

ならば無駄な出費は抑え、夢はすっぱりと諦め、ただ借金を返すことだけを目標に、アンは今日まで倹約に努めてきたのである。

そのことを、アンは後悔したことはないし、今後もそうでありたいと思う。

けれどやはり、美しいドレスを身に纏えば過去の憧れは蘇ってしまうものだ。

その上アンはドレスを見た時、これを着てレナードと食事をしている自分のことを想像してしまった。あげくのはてに、ドレスを着た自分がレナードと恋人のように手を繋ぎ、海辺を散歩したりする情景まで、一瞬思い描いてしまったのだ。

恋人同士なんて絶対にあり得ないのに、それでも自分に夢を見せようとするドレスが、アンは少しだけ憎らしかった。

故に彼女は慌てて鏡から目を逸らし、逃げるように部屋を飛び出した。

そしてもう一度、一方的な施しはやめて欲しいとレナードに伝えるつもりでいたのだ。

しかし結局、アンは言いたかった言葉は何一つ伝えることができなかった。にもかかわらず、状況は少しずつアンの理想に近づいているのも事実で、それがなんだか少し、負けたような気分になる。

（たしかに、仕事をしてお給金をもらうのは理想だったけれど……）

「アン、この絵画は捨てても大丈夫だろうか？」

アン以上に楽しそうな顔で、がらくたの奥から一枚の絵画を持ってくるレナード。その楽しげな顔は、思い描いていた夢のような情景とそっくりで、アンは慌てて彼から目を逸らす。

「それはたしかめるのに時間がかかるのでまだ残してください。ただその横の風景画二枚は価値の無いものなので、お好きなように処分してください」

アンの言葉を何一つ疑うことなく、レナードは絵画を振り分けていく。

そのよどみない動きもまた、アンがまだこの状況を受け入れ難い要因の一つだ。

レナードは鑑定の仕事をアンに提案した時『信用に足る鑑定士がなかなか見つからずに困っていた』と告げた。

けれど信用できる相手を探したいなら、アンは真っ先に除かれる相手だ。

彼への反抗的な態度はもちろんだが、何よりの理由はアンの性別。

諸外国では女流画家や女流作家が増えているが、パルマーナでは女性が美術や学問をたしなむことをあまりよしとしない。

現国王になって、そうした風潮は少しずつ変わってきているが、それでもまだ女性は無知なまま、男の側にあるべきだと言い張る者も多いのだ。

アンの場合は借金とできの悪い兄のせいで知識を身につけるほかなかったため、使用人や周囲の人々に限っては何も言わなかった。

けれど仕事で美術品の買い付けや鑑定をする時、アンは自分の考えや言葉を決して自分では口にしないようにしている。

女の考えであると知られれば、それだけで馬鹿にされ、信じてもらえないことが多いからだ。

けれどレナードは、パルマーナにはびこる常識を軽々と飛び越えた。

名画を処分すると言い出す二人に抗議した時、当たり前のようにアンにその理由を尋ね、疑うこともなくそれを信じたのだ。

その上で、アンの腕を見込んで鑑定を頼みたいと言われた時、本当はどうしようもなく、嬉しかった。

必要に迫られて得た知識ではあるが、美術品を検分し、その価値を語れるのは本当に楽しい。

素直になれないために、その気持ちをレナードに直接告げることはできないが、その分しっかりと、自分の仕事をまっとうしようとアンは決めていた。

しかし……。

（何だろう、いつもと少し勝手が違う気がする）

絵画の前に立ち、その細部に目をこらせば瞬時に価値があるか否かを見分ける自信があったのに、今日はやけに思考が鈍る。

薄いヴェールのようなものが自分と絵画を隔てているように感じ、何とも落ち着かない気分になるのだ。

（やっぱり、あれのせいかしら……）

小さなため息をこぼしながらちらりと窺うのは、アンの方をじっと見つめるレナードの姿。

妙に嬉しそうな顔で片時も側を離れないレナードに、アンは無意識に緊張してしまっていた。

言葉は必要最低限しかかけてこないが、口ほどにものを言うレナードのまなざしはひと時もアンから離れない。

それでも何とか気にしないようにしていたが、どことなく距離まで狭めつつあるレナードに、そろそろ限界だった。

レナードが男色と知っていても、それでもやはりアンにとって彼は思い人で、そんな人に見つめられては集中力が続かないのである。

「レナード様はほかに、お仕事はないんですか？」

邪魔だと言うのはさすがにはばかられて、アンはそれとなくレナードを部屋の外に誘導する。

　だがレナードはアンに話しかけられたことが嬉しいのか、逆に彼女の横までやってくる始末だ。

「今は休暇中なんだ。君と、しばらく過ごそうかと思っていたから」

「私と……？」

「アンはいろいろと疲れているだろうし、見知らぬ屋敷で一人というのも寂しいだろう？　だからしばらくは君の側にいようかと」

　自分のために仕事まで休ませてしまったのかと思うと、アンはとたんに申し訳なくなってくる。

「別に一人でも構いません。ずっとそうでしたし。寝床や服はもちろん仕事までいただけて本当に感謝しています」

「俺が与えたものは、君が持っていて当然のものだ。それにむしろ、ここにいるのは俺の勝手だ」

　それからレナードは一度言葉を切り、何か重大なことを決意したような顔で息を吸う。

「俺が、ここにいたいからいるんだ。君を……アンの顔をずっと見ていたいから」

　レナードはいまだかつてないほど情熱的な言葉と視線をアンに向ける。

　普通の女子であれば、彼の告白に甘い吐息をこぼし、うっとりしたに違いない。

　ただ、残念ながらアンは逆に表情を曇らせた。

「顔、ですか……」

ぽつりとこぼした言葉に、レナードは凛々《りり》しさを崩壊させ、慌てふためいた様子で彼女の肩に手を置く。

「もちろん内面も好きだ！　顔はもちろん大好きだけど、それをふまえた全部が俺は好きだ！」

「……なんか、嘘くさい」

思わず本音をこぼすと、レナードは僅かに震えながら後ずさる。

「う、嘘じゃない……」

「別にわざわざ無理して褒めなくてもいいんですよ」

父親に似ているという点を除けば、レナードが好む点は自分には何もない。

むしろ今のように化粧をしてしまうと女らしさが増してしまうため、きっとレナードは今の顔があまり好きではないに違いないと思っていた。

「信じてくれ。俺は誰よりも君を愛らしいと思っている！」

「愛らしいというより、男らしいと思っているのでは？」

そこで、一瞬レナードの言葉が詰まる。そのことにやっぱり、とアンは思うのだった。

「否定しなくていいんですよ」

「別に君の容姿が男らしいとは思っていない。ただ君のように意志が強い女性と会ったのは初めてで、なおかつ君のように博識な子はそうそういないから……」

「男のようだと思った？」

「……ちょっとだけ」

でもちょっとだ、君を男性扱いしたりはしない！　とレナードはその後も再三訴える。

けれどどの言葉もアンの耳を通り過ぎ、彼女の心にはレナードが本当に伝えたいことは何一つ届かない。

「まあ男扱いでも構いませんよ。そのおかげで仕事をいただけたなら、むしろ嬉しいくらいです」

「俺は、君だから仕事を与えたんだ。君の能力と知識を欲しいと思ったんだ」

そこは間違えないで欲しいと告げるレナードに、形ばかりの笑みを浮かべて、アンは小さく頷く。

「その期待には、応えないといけませんね」

「無理はしなくていい。それに、仕事に必要なものがあれば何でも提供するし、手伝うから」

「何でも？」

ようやく顔を上げたアンに、レナードは何でもだと大きく頷く。

どんな願いでも叶えると胸を張るレナードに、アンは少し悩んでから、ついに吐露《とろ》した。

「じゃあ、一人にしてくださいますか？」

「え……」

「さっきからその、レナード様の視線が気になって集中できないんです」

「え……」

それから更に三度ほど「え……」を繰り返し、レナードはようやくアンの言葉を理解したらしい。

「……邪魔、だったのか？」

「さすがに、ずっと見つめられていると集中力が落ちてしまって」

「でも、絵画を運ぶのは一人では……」

「必要なものとそうでないものを分けて置くだけなら一人でできます。それにむしろ、後で使用人の皆さんと一気に運んだ方がいいと思います」

その方が断然効率的だからとアンに微笑まれ、それでもレナードは納得がいっていない様子である。

「だがどうせほかにすることはないし、邪魔にならない範囲で側にいたい」

「けれど……」

「どの位置なら邪魔にならない？　あと五歩ほど下がればいいか？」

食い下がるレナードに、仕方なく、アンは部屋の広さを確認する。

「……可能なら三十歩ほど」

「それは遠回しに、部屋の外に出ろといっているのか」

「遠回しというか、まさしくその通りです」

そこでレナードは泣きそうな顔で辺りをきょろきょろ見回し、突然窓辺へと走り出した。

「なら、バルコニーにいる。あそこならぎりぎり三十歩だ」

「別にほかの部屋でくつろいでいていいんですよ。どこかに逃げたりはしませんから」

「いや、いる」

どこか子供のように言い切るレナードには、取り付く島がない。

先ほどや今のやり取りを見る限り、レナードも自分と同様かなり頑固な性格なのかもしれないとアンは痛感する。

ならばきっと言い聞かせても無駄だろうと諦め、仕方なく少し離れた場所にあるソファを指さした。

「バルコニーだと余計に気になりそうなので、あそこで」

アンの言葉を聞いた瞬間、レナードは脱兎のごとくかけだした。

その姿は本当に子供のようで、アンは少しだけおかしくなる。

「そこから、動かないでくださいね」

「わかった」

律儀に頷くレナードを確認してから、アンは側の絵画に目を向ける。

(小さな子が興味本位で見ている、と思えばいいのかも)

まだ多少視線が気になったが、そう思えば不思議と苦にはならなくなった。

第三章

レナードの歩幅にして八歩。

近いようで遠いこの距離は、レナードをひどく悩ませていた。

アンがこの屋敷にやってきてから約二週間、その間に彼女のかたくなさは少しずつとれてきているものの、仕事中に近づいても良い距離は未だ八歩のままだった。

毎日食事を一緒にとりたいという要望は六日目の午後に何とか受け入れてくれたものの、一日の大半を占める仕事の時間は、絶対側に寄らせてもらえない。

仕事ばかりするアンに根《こん》を詰め過ぎだと意見もしたが、「この量をさばくには、今でも短いくらいです」と言い切られて以来、レナードには返す言葉がなかった。

二週間かけてようやく屋敷の中の美術品は終わったが、ほかにもあと倉庫五つ分のがらくたがレナードのもとにはある。

そしてその中にはアンが得意とする絵画もあれば、彼女にすら特定が困難な彫刻やら骨菫品も膨大《ぼうだい》にあるのだ。

それらを一つひとつ丹念に調べ、価値を見極め、わかるものはその本来の持ち主を特定するという作業は、アンとレナードが思っていた以上に困難で時間のかかるものだった。

けれどその困難な作業を、アンは弱音を吐くどころかとても楽しげに行っている。

むしろレナードと食事をする時より、仕事中の方がずっと生き生きしているくらいだ。

だからこそ、そんなアンを少しでも近くで見ていたいと思うのだが、それを彼女は許してくれない。

その上、アンによるレナードの扱いは日に日にぞんざいになっている気がする。

レナードに見つめられることに慣れてきたのか、まるで彼がそこにいないかのように仕事に没頭するアンに、レナードはひどい寂しさを覚えていた。

だから仕事を邪魔しない範囲でレナードの方から時折声をかけるのだが、そうすると今度はそれまでの楽しげな顔が曇ってしまうのである。

「どうしたものか……」

今日も八歩の距離を詰められぬまま、すごすごと寝室に帰ってきた。

いつかアンと一緒に横になりたいと思って購入した広いベッドの上に腰を下ろし、レナードは手にしていた薔薇の花束を枕元へ放った。

それは『美しいアンへ』と日頃のねぎらいを込めて渡そうとしたものだったが、『私は美しくないのでいりません。もらっても邪魔なだけですし』と可愛らしい笑顔と言葉で切って捨てられ、渋々持って帰ってきた代物だった。

最初に押し倒してしまった負い目があるため、レナードはアンに拒絶されるとなかなか思うように物事が運べない。

心の内ではそのかたくなさを力ずくでほどきたいと思っている自分もいるが、もちろんそれは口にしないし態度にも出さない。

一度気持ちの蓋が外れれば、アンの拒絶すら喜びに感じ、無理矢理彼女を服従させようとする自分がいることに、レナードはこの二週間で気づいたのだ。

アンに拒絶されるのはひどくつらい。寂しい。

そう思う反面、彼女のつれない反応にひどく興奮している自分にレナードは気づいていた。

たとえ拒絶でも、自分という存在にアンが何かしらの反応をしてくれるだけで嬉しいし幸せだと、レナードの心と体は感じてしまうのである。

そしてその喜びのまま、彼女の拒絶を美酒のようにすすり、嫌がる彼女の顔に更に嫌悪感をはり付けたいとも、レナードは時々……本当に時々だが思ってしまうのだ。

ただそれを実行すれば、アンとの距離が八歩ではすまなくなることも自覚しているから、レナードはなけなしの理性でやり過ごしていた。

拒絶されるのも好きだが、何よりもまずアンには普通に愛されたい。

そのためには、歪んだ喜びは見ないふりをして、アンの心をちゃんと自分に向かせるのが重要だということは、恋に疎いレナードでも理解していた。

ただ、それがうまくいっているとは言い難いが――。

レナードが強く握りすぎたせいでしおれつつある薔薇の花を見つめながら、彼は今一度大きなため息をつく。

それから、近頃愛読している一冊の本を枕の下から引きずり出した。

『口べたなあなたのための、恋のレッスン』というタイトルのそれは、平たくいえば恋に疎いレナードのような人に向けた恋愛指南書だ。

八歩の距離からいじましくアンを見つめ続けるレナードを不憫に思い、先日フレンが取り寄せた本だ。

繰り返し読み過ぎて皺になりつつあるそれを開き、この状況を打開する案がないかと目をこらす。

しかし書かれているのは『相手を褒める』『贈り物を渡す』『紳士的な態度を心がける』というアンにはあまり効果がないものばかりだ。

これがだめなら、自分はいったいどうすればいいのだろうか。

一度開いた本を投げ出し、レナードは寝台にごろりと横になる。

とたんにいつもの癖で脳裏にアンの美しい姿が浮かび胸がときめいたが、それを言葉にしてもきっと彼女は耳を貸さないだろう。

年頃の令嬢たちより多少細いものの、アンの華やかな顔立ちは美人の部類に入るのだが、当の本人がそれに気づいていないため、レナードの言葉は彼女にちっとも響かないのだ。

せめてもう少し、ほんの僅かでも自分の美しさを自覚してくれたら……。

そんな思いで視線を動かし、放り投げた本を何気なく視界に入れた時、レナードの頭に天啓が降りてきた。

「これだ！」

思わず声に出し、レナードは寝台から飛び起き、そのままの勢いで部屋の外へと飛び出す。

そして彼が去った後には、しおれた薔薇の花と、『女性に美しさを伝える十の方法』のページが開かれた恋愛指南書だけが残された。

＊　＊　＊

『今夜、サロンにて君を待つ』

夕刻、仕事を終えて部屋に戻ったアンを待っていたのは、見覚えのある文字でつづられた一枚の手紙だった。

差出人は言わずもがなで、アンは手紙を取り上げ脱力する。

この二週間、レナードはことあるごとにこの手の手紙を送り付け、アンを屋敷の様々なところに呼び出した。

そしてそのたび、彼は『アンに』と様々な贈り物を差し出すのだ。

花やドレス、宝飾品にアンの好きなお菓子などその種類は様々だが、彼女はそれを一度も受け取っていない。

仕事に対する報酬の一つだというが、報酬ならばすでに多すぎるほどのお金をもらっているし、これ以上レナードから無駄な施しを受けるのはいやだった。

（一度受け取ったら、きっと際限なく貢いできそうだし……）

品物を差し出すレナードの生き生きとした顔を思い出すたび、アンの口からこぼれるのは重いため息。

この二週間ほど生活を共にしてわかったのだが、レナードはとにかくアンを甘やかしたくてしょうがないらしい。

アンの境遇に同情しているのか、最初に押し倒してしまった負い目があるのか、アンを喜ばせようと日々画策しているのだ。

正直に言えば、レナードが自分のことで心を砕いてくれるのはとても嬉しい。彼が持ってくる贈り物も恐ろしいほどアンの好みと合致していて、毎回欲しいと思うものばかりだ。

だからこそ、一度手にしたらそれに溺れてしまいそうでアンは手が伸ばせない。

レナードに甘えることを覚えてしまえば、いつか彼に手を振り払われた時、きっと自分は耐えられないだろうと躊躇してしまうのだ。

父に似ている以上、彼が一方的に自分を見捨てることはないだろうが、人生には思いもよらぬ落とし穴があることをアンは知っていた。

その時のため、どんな時でも一人で立っていられる心の強さを失いたくはなかった。

断ることに心苦しさを感じつつ、手紙を手に部屋を出た。

アンの部屋からサロンまでは、広い廊下を進み、角を二つ曲がった先にある。

その間、使用人六人ほどから笑顔を向けられて、ここでもまたアンは申し訳ない気持ちになった。

相も変わらず、侍女二人を筆頭に屋敷の人々はアンを「奥様」だと勘違いしている。

唯一、レナードの副官らしい「フレン」という青年は親しみを込めて『お嬢さん』と呼んでくれるが、ほかの者たちはいくらアンが違うのだと言っても聞く耳を持たない。

一週間を越えた頃から誤解を解くのに疲れ、好きに言わせることにしたが、それでもやはりレナードの奥方としていろいろと世話を焼かれるのはなんだか申し訳ない気分になってしまうのだ。

特にここは侯爵家で、その奥方ともなれば待遇は最高級の更に上をいくようなものばかり。

ちょっと外に出たいと思っただけで、やれ馬車を出すだの、歩くなら日傘《ひがさ》をさすだの至れり尽くせりな状況になってしまうのだ。

アンはただ、屋敷の側にある砂浜を少し歩きたかっただけなのに、いつの間にか海辺にはお菓子やお茶やらパラソルまで置かれ、少々げんなりした。

(贈り物はもちろん、これもやめさせる方法はないものかしら……)

また一人使用人の笑顔を受け流しながら、アンはひとまず悩みとため息を仕舞った。

扉に手をかけ中へと入ると、そこには使用人たち以上に優しげな笑顔のレナードが待っていた。

仕立ての良いシャツとズボンをまとっているものの、それを着崩してしまう彼の出で立ちは、長めの髪とひげとが相まって今日も海賊のようにしか見えない。

けれど一方で、それが子供のようなレナードの表情や気性を強調し、こうして微笑まれると不思議とこちらまで笑顔になりそうになる。

もちろん、笑みを返せばそれだけで大喜びされかねないので、アンは必死に眉間に力を入れるが。

「何か、ご用でしょうか？」

レナードの後ろに隠された謎の包みを見てアンは用件をすぐに察したが、一応形ばかりの質問をする。

するとレナードがどこか照れたような顔でアンを包みの前へと促した。

「上出来と言える品物ではないが、開けてもらえるだろうか？」

「上出来？」

「とにかく見てくれ」

急かすレナードに、アンは包みに目を向ける。

イーゼルの上に置かれていることから察するに、何かしらの絵画に違いない。

絵が好きなアンはちょっとだけいつもよりわくわくしながら、しかしそれを顔に出さぬよう細心の注意を払いながら包みをそっとほどく。

「えっ……？」

包みをとったところで、アンは何ともいえぬ微妙な顔で、固まった。

「君に贈り物を渡すたび、『美しくない自分にはふさわしくない』と言うだろう。だから今回は、君の美しさを贈り物にしてみた」

「美しさ……ですか」

「ああ。絵心はないが、アンの美しさを描いてみたのだが、どうだろうか？」

すぐにでも感想を聞きたいという顔に、アンはイーゼルに置かれた一枚の絵画を見る。

けれど残念ながら、頭に浮かんでくるのは感想よりも疑問ばかりだった。

「これはつまりその、私ということですか？」

「ああ。君の仕事ぶりを目に焼き付け、それをこのところ毎晩絵筆に込めて描き上げたのだ」

どうりで最近目の下にクマがあるわけだと納得しながら、アンは困った顔で腕を組む。

「それはあの、ありがとうございます」

レナードの気遣いと苦労が嬉しくないわけではない。むしろ今までの贈り物の中で、一番嬉しいとも思った。

だがそれでも、目の前にある絵を見ると歯切れは悪くなってしまう。

「気に入らなかっただろうか」

そしてレナードも、引きつるアンの微笑みから、何かを察したようである。

「いや、お気持ちはとても嬉しいです」

「だが、満足ではないという顔だ」

「満足というか、なんというか……」

「教えてくれ、どこがだめだった？　俺の手では、やはり君の美しさを表現し切れていないか？」

矢継ぎ早に質問され、最初は躊躇っていたアンも渋々本音を口にする。

「ごめんなさい。あの、見方がよくわからなくて……」

「見方？」

「これは、私のどこを切り取った絵でしょうか？」

「その美しい顔と、透けるような首筋と、ドレスから覗く可愛らしい肩を描いた」

なぜそんなことを聞くのかという顔をされ、アンは慌てて今一度絵を凝視《ぎょうし》する。

「なるほど。じゃあここが目ですね」

ようやく合点がいき、アンは絵画の一点を指さす。だがレナードの顔は先ほどより曇っていた。

「いや、それは前髪だ」

「あ、じゃあこっちが……」

「それは、右の鼻の穴だ」

「じゃ、じゃあここが口です？」

「そこは君の鎖骨だ」

みるみる落ち込んでいくレナードに申し訳なく思うが、いくら目を凝らしても描かれているものがまったくわからないので仕方がない。

「……私の絵は、そんなに変か？」

この二週間で、レナードが何を言ってきても聞き流したり切って捨てることができるようになったアンだが、さすがにここまでしょげられると、反応に困る。

少なくともこの様子では本気で美人に描いていたつもりだろうし、それを『下手』の一言で切って捨てるのも、笑って誤魔化すのも忍びなかった。

「なんというか、一部の貴族には受けそうな気がします。抽象的な絵画は近頃のはやりですし」

「抽象ではなく、頭に浮かんだアンをそのまま描いたつもりだったんだ」

レナードの目には自分がどう映っているのだろうかと、少し心配になる。

「あの、今まで絵を描いたことは？」

「一度もない」

「なら、最初は仕方がないと思います。私も、子供の頃はまったくうまく描けなかったし」

気落ちする姿がいたたまれなくて、アンはいつもより小さく見えるレナードの背にそっと手を置く。

だがその次の瞬間、それまでのしおらしさが嘘のようにレナードが勢いよく顔を上げ、アンの腕をきつく握った。

「ならば、教えてくれ」

「え？」

「今君は言ったな、子供の頃は全然うまく描けなかったと……」

レナードの指摘で、アンは自分の失言に気がついたがもう遅い。

「君にそんな趣味があったなら、もっと早く教えてくれれば良かったのに」

「趣味……とは」

「とぼけても無駄だ。先ほどの言い方は、今も絵をたしなんでいるように聞こえた」

レナードの指摘に言葉を返せなかったのは、まさしくその通りだからだ。

「俺の部屋に画材道具がある。行こう」

「待ってください、私はまだ何も……」

「行こう」

いつになく有無をいわせぬ声で言われ、アンは為す術なく腕を引かれる。

レナードは普段アンに触れることを躊躇うが、時折周りが見えなくなると急に遠慮が無くなる。

最初の過ちを悔いているのか、普段はちょっと肩が触れただけで悲鳴を上げ、なにやら荒く息をしながら後ずさるレナードなのに。

（こうなってしまったら、もう為す術ないわね……）

逃れられないほど強く、しかし傷つけないよう優しく、レナードはアンの腕を引く。

初めの頃はこうして触れられると無理矢理押し倒された記憶が蘇ったものだが、最近は彼に手を引かれることにも少しずつ慣れてきた。

レナードが自覚無くアンとの距離を詰めるように、アンも無自覚のうちに、そうしたレナードのことを受け入れ始めていたが、彼女はまだそれに気づかずにいた。

＊　＊　＊

部屋に入った瞬間から、レナードは自分の読みが正しかったと確信した。

「ずいぶん、本格的に画材をそろえたんですね」

ベッドの脇に置かれたイーゼルや絵の具に目をとめたアンの顔が、いつになく華やいだことに気づいたからだ。

その後すぐまた眉間に皺を寄せてしまったが、この二週間でレナードも少しずつはアンの機微を摑んでいる。

いつもより眉間の皺が深い時は、彼女が何かしらの感情を我慢している時だ。

「これも、がらくたの中にあったものだ。よかったら君も使ってくれ」

レナードの提案にアンは躊躇いを見せたが、それを無視してレナードはアンの分の画材道具を使用人に運ばせる。

そちらも海賊から押収した物品の中にあったものだが、絵筆から絵の具に至るまで、そのどれもが有名画家がこぞって使う一級品だ。

それをどうやらアンもわかっているらしく、差し出された絵筆を手に取りながら、目をきらきらと輝かせている。

「それはいつでも好きに使っていい」

「でも、こんな高いもの……」

「元々捨ててしまうつもりだったし、使ってくれた方がありがたい」

「けれど仕事もありますし、ゆっくり絵を描いている時間は……」

「ならば、これも仕事の一つにしよう。俺の壊滅的な絵心を、君の手で育ててくれないか？」

レナードの言葉に、アンは先ほどの絵を思い出したのか笑いをこらえた顔をする。レナードとしてはなかなかうまく描けたつもりだったが、やはりかなりお粗末なできだったようだ。

「私もそれほど絵心があるとはいえません。見よう見まねで、筆をとっていただけですし」

　それに……とアンの表情が、曇る。

「最近はあまり描くことができなくて」

　借金がかさんでいたアンの家では、道具一つ買うだけでも大変な出費だったであろうことが察せられた。

　最近では絵の具の大量生産が可能になり庶民にも少しずつ普及しつつあるが、それでも画材道具一式をそろえようと思うとそれなりのお金はかかるのだ。

　そしてそれがわかっているからこそレナードは何も聞かず、筆を置こうとするアンの手をそっと包み込む。

「では、まず勘を取り戻すためにいろいろ描いてみるといい。それを見て、習うか習わないかを俺が判断しよう」

「具体的に、何か描くものはありますか？」

「好きなものでいい。君が描きたいと思ったもの何でも」

「しかし、ものによっては時間がかかってしまうかと……」

「時間も好きに使っていい。何なら、しばらく鑑定の仕事を休んで絵に集中してくれてもいいくらいだ」

　自由に描けるようにと少しでも幅を広げたつもりだが、逆にアンはしかめ面になる。

　むしろお題を出した方がよかっただろうかとレナードが不安になっていると、アンが戦地にでも赴くような険しい顔で、レナードを見た。

「ではその……。よろしければそこに、座っていただけますか」

アンが指さしたのは少し離れたところにあるベッド。

そこに座れと言われ、よからぬ妄想がレナードの頭を駆けめぐったが、顔に出すことだけは何とか堪える。

「ここにか？」

「はい、そして顔を窓の方に」

「それだと、絵を描いている君が見えない」

それに自分に見られたくないなら別の場所で描いてもいいのだといえば、アンは更に表情を強ばらせながら、ぽつりとこぼした。

「……あなたを、描きたいんです」

自分の耳が信じられず、レナードは情けない顔でアンを見下ろす。

一方アンは踏ん切りがついたのか、唖然とするレナードの腕を引き、無理矢理ベッドに座らせた。

「私を描いてくれたお礼もかねて、あなたを描かせてください」

「お礼をされるほどのものは描けていなかったが……」

「でも、お気持ちは嬉しかったので」

あとこれもと、手にした絵筆をぎゅっと握りしめるアンが無性に可愛くて、レナードはだらしなく顔を緩めてしまう。

「あと、顔はもう少し凛々しくお願いします」

「それは難しいな」

「普通にしてればいいだけです」

「普通……」

アンが側にいるだけでだらしなくなってしまう顔には、その『普通』が難しい。

けれどそれでも、彼女が望むならばと、レナードは緩んだ頬を必死に元に戻した。

「ではそのまま」

「どれくらいこうしていれば良いだろうか？」

「可能な限り長く。まず下描きをして、それから色を塗るのでかなり時間はかかるかと」

「そういえば、俺はろくに下描きもせず絵の具を塗ってしまったな」

「ずいぶんと冒険なさいましたね」

アンが小さく笑う気配がして、レナードは彼女を見たくて仕方が無くなる。

けれど顔を動かせば怒られるのはわかっていたので、耐え難い欲求を何とか我慢した。

「でも、色の作り方はお上手ですね」

「なかなか大変だったぞ。アンの肌の色を作るのに、ずいぶん絵の具をだめにした」

「たしかに、贅沢な絵の具の使い方をなさったみたい」

レナードが置き去りにしたぐちゃぐちゃのパレットを見たらしく、アンが再び笑う。

今更ながら、ちゃんと片付けておけば良かったとレナードは少し後悔した。

「無駄にしない作り方も、教えてもらえるか？」

「ええ。でもその前に、道具の使いからですね」

暗に筆遣いが下手だといわれ、レナードは気落ちする。

「……俺はやはり、いろいろと下手か？」

「はい、これでは絵筆がかわいそうです」

「一応優しくしたつもりなのだが」

「レナード様は筆圧が強いようですし、もっと優しくてもいいかと」

それからアンはしばらく口を閉じているようレナードに言う。

欲を言えばもう少し話していたかったが、こうして沈黙の中、アンに見つめられているのも悪くはない。

少なくとも今、自分は彼女の視線を独り占めしている。

時折思い出したように絵の作法をレナードに教えながら、アンは黙々と下描きを進める。

穏やかな時間はゆっくりと流れ、木炭がキャンバスを擦る音の心地好さに、レナードは僅かな睡魔を感じ始める。

そのままうつらうつらしかけていると、レナードはいつしか作業の音がぴたりとやんでいることに気がついた。

「終わったのか？」

尋ねるが、返事はない。

怪訝に思ってアンを見ようとすると、ピンと空気が張りつめたのがわかった。

「こっちを見ないでください！」

いつになく大きな声は震えていて、視線を向けずとも彼女に何か異変が起きたことがわかった。

いったい何が起きたのかと戸惑う一方、それを探ることを拒絶する空気をレナードは感じていた。

「見ないで……」

けれどそれは、レナードにはあまりに難しいことだった。

「君はいつもいつも、俺に無理難題をふっかけるな」

叱られる覚悟で、レナードはベッドから立ち上がる。

そして立てかけられたイーゼルに近づき覗き込むと、アンはそこに隠れるように体を丸くし、堪えるように泣いていた。

「どうした？」

「なんでも、…ありません」

「俺は皆から阿呆《あほう》だとよく言われるが、さすがにその嘘くらいは見抜けるぞ」

尚もなんでもないと言い張りうつむくアンを見かねたレナードはイーゼルを押しのけ、彼女の肩を抱き寄せる。

石のように強ばった彼女の体から僅かな恐怖を感じ、レナードはそれをほぐすよう優しく背を撫でた。

レナードの無骨な手は少女を慰めるのにあまり向かなかったが、背や肩、そして自分の胸に押しつけられた小さな頭を何度も撫でてやると、強ばっていた体は少しずつほぐれていく。

それを肌で感じながら、レナードはいまだかつて感じたことのない不思議な心持ちになった。

妄想の中では幾度となくこうしてアンの体を抱き寄せ撫でた。けれどこうして泣いている彼女を慰めるという状況は、思い描いたことすらなかった。

いつもレナードの頭にあるのは、アンの笑顔だけ。拗ねたりすることはあっても、彼女は必ず、最後は可愛らしい笑みをレナードに向けてくれる。

（けれどそれは、やはり幻だったんだな……）

自分の胸に顔を押し当てて泣くアンを見て、レナードは今更のように思う。

正直、現実のアンとのつき合いはもどかしい。今も彼女がなぜ泣いているのかまったくわからないし、それをどうすれば解決できるのかレナードにはちっとも見当がつかないのだ。

けれどレナードは、そのもどかしさを無性に愛おしいとも思った。

「アン」

名前を呼び、小さな少女の頭を撫でる。

その次にどんな言葉をかければいいのか、レナードはやはり皆目見当もつかない。

だがこのもどかしい少女の涙を何とかとめたくて、レナードは手を動かし続けた。

「……ごめんなさい」

そうして背を撫で続けていると、レナードの胸の中で、アンが小さく息を吐く。

「なぜ謝る」

「シャツを、汚してしまって」

涙で湿ったシャツを、いじましく指で擦っているアンが微笑ましく、レナードは気にするなと笑う。

「それより、涙の理由を聞いても？」

気の利いた言葉が思いつかないレナードは、仕方なくまっすぐな疑問を投げかける。

すると僅かな躊躇いの後、アンが小さく鼻をすすった。

「少しだけ、感傷に浸ってしまって」

「感傷？」

「思い出してしまったんです。まだ、家族が側にいた時のことを……」

それからアンは、堪えていたものを吐き出すように、ぽつりぽつりと言葉をこぼす。

「元々、絵を習っていたのは兄だったんです。手癖も金遣いも悪い兄だけど、意外にも絵の才能はあって……」

「そういえば、小さな頃はよくイーゼルに向かっていたな」

「兄のような絵が描きたかったのに私はなかなかうまくならなくて……。でもそんな私に、兄は根気強く絵の具の作り方や絵筆の持ち方を教えてくれたんです」

告げる口調から、アンが自分の兄を未だ愛おしく思っているのが伝わってきて、レナードは心が痛む。

「二人で絵を描いて、それをお父様が褒めてくれて……。『いつか二人の絵を売って暮らそう』だなんて話までして……」

そこで言葉を詰まらせ、アンはもう一度レナードの胸に顔を埋める。

「どこで間違えてしまったの……」

かすかな呟きは悲痛に満ちていて、レナードは思わずアンを抱き寄せる。

そして本当に今更ながら、レナードはアンの苦悩の一端に触れた気がした。

最愛の父を亡くし、愛した兄に裏切られ、それでも家のためにとけなげに働き続けてきたアン。

その苦労はレナードの想像以上のものに違いなく、彼女を救うには、寝床やドレスやお金を与えるだけではだめなのだ。

悲しみに疲弊した彼女の心は、きっとそんなものでは埋められない。

大丈夫だ、俺が幸せにする。

これからはもう苦しむことはない。

そんな安っぽい言葉で自分を頼れといくら告げたところで届きはしないのだと、レナードはようやく気づいたのだ。

「世の中には人一人の力ではどうにもならないことがあるものだ。そして起きてしまったことはもう変えられない」

だからレナードは、あえて甘いだけの言葉を胸にしまい込む。

「でも、私がもっとちゃんとしていれば回避できたかもしれない」

「そうかもしれないし、どうにもできなかったかもしれない。過去を後悔しても、今以上は望めないんだ」

けれどと、レナードはアンを撫でながら続ける。

「俺は君が間違ったとは思えない。今もなお間違えないよう努力している君は、きっと間違えていない」

「でも私、何一つうまくできないし……それにあなたにも迷惑を」

「迷惑だなんて思ったことはない。むしろ今、俺は幸せだよ」

レナードの言葉にアンは顔を上げた。その瞳からこぼれる涙を拭ってやりながら、レナードは微笑む。

「俺もいろんなことを間違えて、ここにいる。血の繋がった家族はもう弟しか残っていないし、そのほとんどを……俺がどうしたか知っているね？」

逸らされた瞳を、レナードは肯定と受け取る。

「それしか道はなかったし、間違っていなかったとは思う。でもやはり……」

胸に巣くう暗い感情をどう表現すべきかと悩んでいると、アンが涙を擦りながら彼の言葉を引き継いだ。

「レナード様も、寂しい？」

質問に答える代わりに、今度はレナードがアンの髪に顔を埋める。

「一人は寂しいよ。一番の友も、もういないしね」

「それは、父さんのこと……？」

あえて名を告げずとも、アンはそれが誰だか気づいたらしい。

「君が父を失ったように、俺も一番の親友を失った。家族と折り合いがつかなかった俺にとって、君の父が……フィルだけが家族みたいなものだったから、彼の死は今でもつらい……」

「会えるなら、会いたい？」

「会いたいよ。でも……」

アンに気づかれないよう彼女の髪にそっと口づけを落とし、レナードは身を引く。

「時はもう戻らない」

それに今はアンがいるから大丈夫だと、伝わる温もりからレナードは思う。

愛おしさを込めて髪をすくと、アンは少し困ったような顔でレナードを見上げる。

その瞳にはまだ躊躇いの色があったけれど、いつものように嫌がったり拒絶することは

なく、彼女はただ黙ってレナードの好きにさせてくれた。

＊　＊　＊

結局見せることができなかったレナードを描いたキャンバスを抱え、アンが部屋に戻ったのは、夜もずいぶんと更けた頃だった。

すぐ休むようにとレナードに言われて寝台にあがったものの、アンの意識は冴えたままだった。

アンに与えられたナイトドレスはひどく薄く、いつもなら少し寒いくらいなのに、今日はむしろ体が熱い。

先ほど子供のように泣いてしまったからだろうかと考えて、アンは今更のようにレナードに涙を見せたことを後悔した。

自分でも、どうしてあの時涙が出てしまったのか……そして彼の胸に縋りついてしまったのかわからない。

最初はただ、絵を描けることが楽しかっただけのはずなのに、気がつけば今まで抑えていた感情が溢れ、こぼれてしまっていた。

幸せだった頃の記憶、家族への愛情、それを失った悲しみ。

今まで見ないようにしていた沢山の気持ちが、レナードの姿を描くにつれ、胸の奥からこぼれてきたのだ。

抑えが利かなくなった感情は決壊し、さらけ出した涙をあろう事かレナードに拭われた。

そしてその時、アンは感じたのだ。

言いようのない安心感と、レナードへの愛おしさを。

この腕の中にいたいと、アンはその時初めて思った。

同時に初めて、レナードが自分を必要としていることにも気がついた。

レナード＝ケインズ。

この国の英雄は、ひどく寂しがり屋なのだ。

彼は家族にずっと愛されず、その上国のため、正義のために自分の家族を手にかけた過去がある。

それでも一人で立ってきた彼をアンは強い人だと思っていたけれど、父のことを話した声音でそれは違うのだと気がついた。

彼は、一人でいることに慣れているだけだ。

本当はアンと同じように、家族を失った境遇を悲しんでいる。

同じなのだとわかった瞬間、アンは彼への愛おしさを強めた。同時に少しだけ、父を愛する彼を理解し、受け入れることができた気もした。

寂しがり屋の英雄には、私の父しかいなかったのだ。

縋れるのも愛せるのも、ただ一人しかいなかったのだ。

だからきっと、その面影を持つ自分に彼は固執《こしつ》しているのだろうと思う。

どんな時でもしつこいほど側にいるのは、アンの中にある父フィルの面影を見ることで、寂しさを忘れることができるからだろう。

そう思うと、彼を邪険にしていたことが少しだけ悔まれた。

もう少しだけ、彼に優しくしよう。

父の面影を重ねられることにはまだ抵抗があるが、切なげなレナードの表情を思い出すと、彼に優しくしたいという気持ちがアンの胸にこみ上げてくる。

心境の変化に戸惑いながら寝返りを打つと、視線の先に先ほどまで描いていた絵があった。

ろうそくの明かりが浮かび上がらせるそれは、レナードが描いた絵とは違い、彼の姿を完璧に写し取っている。

けれどきっと、アンはそれをレナードには渡せない。

アンが写し取ったのは、レナードの表情だけではなかったからだ。

穏やかに微笑む彼の絵には、それを愛おしく思っているアンの気持ちもまた表れている。

鈍感そうなレナードがそれに気づくかはわからないが、あんなにもはっきりと自分の気持ちが表れてしまった絵を、アンは彼に渡せない。

（もう、レナード様を描くのはやめよう）

そしてあの絵はどこかに隠そうと決意して、アンは枕元のろうそくをふっと吹き消した。

第四章

書斎へと続く扉の前に立ち、いつになく真剣な顔でアンは呼吸を整える。

普段なら絶対自分からレナードのところには行かないアンが、今日はある決心をしていた。

その決心を促した一通の手紙を手に、アンは扉を小さく叩く。

その控えめなノックの後に名乗れば、何かが盛大に倒れる音とあわただしい足音がした。

「ど、どうした……!?」

アンが自分の部屋を訪れるとは思っていなかったのだろう。動揺を隠しもせず、レナードが慌ててアンを書斎に招き入れる。

「実はその、ちょっと困ったことが起きてしまって」

アンの言葉に、こういう時ばかりは聡いレナードが、アンの握っている手紙に気づく。

「失礼」

形ばかりの前置きをして、レナードがアンの手を優しく取った。

そのままゆっくりと指をほどかれ手紙を取り出すレナードに、アンは僅かに息を呑む。

言ってくれれば素直に渡すのに、レナードは時折こうして無意味に距離を縮めるのだ。

アンがレナードに縋ってしまったあの日以来、レナードはそれまでの躊躇いが嘘のようにアンに近づき、触れてくるようになった。

アンが仕事で成果を挙げれば頭を撫で、散歩に行こうと手を引いたり、寒さに肩を震わせていれば抱き寄せてくることまであった。

故にこうして手を取られるのは日常的になったが、そのたびにまだ少し緊張してしまう。

だけどアンもまた、彼からあえて身を引くことはしなくなっていた。

縋るように腕を回されたあの時から、それに応えたいと思うようになったのだ。レナードに切ない顔をさせたくなくて、たとえ身代わりでも、彼が満足できるなら構わないと思い始めていた。

それに気をよくしたのか、レナードも触れることに躊躇いが無くなり、指が触れただけで飛び上がっていたのが嘘のようにアンを構う。

むしろ、躊躇いのない接触はアンを子供扱いしているようにも思え、アンは少しだけ釈《しゃく》然《ぜん》としない気持ちを抱えていた。

「ふむ……」

手紙に目を通したらしいレナードに、アンははっと我に返る。

彼が今見ているのはアンの家の使用人からの手紙だ。家のことを気にしていたアンを気遣い、レナードが時々届けさせているものである。

「『エディが激怒している』というが、これは……？」

男の名前を読み上げるレナードはどこか拗ねた顔をしていて、アンは慌てて補足を入れる。

「金貸しです。『エディ＝ガント』という、元海賊の」

今は商人ということになっているが、エディは元海賊。

表向きは香辛料の売買で利益を得ているが、裏では商いで得た金を法外な利子で貸す金貸しをしている。

利子はかなり高いが、エディは金を貸す相手を選ばない。貴族や商人はもちろん海賊にまで、彼は言われるがままに金を貸す。

けれどその分、返せなかった場合の取り立ては厳しく容赦はない。

おかげでアンの家の家財道具のほとんどは持って行かれ、仕事で使っていた船なども、今はエディのものになってしまった。

「ガントの名には聞き覚えがあるな。あまりいい噂ではないが」

「あれでも、まだまともな方の金貸しです。ほかの金貸しの中には暴力をふるう人もいたけど、エディの手下は家具は壊しても人は殴らない紳士的な人たちばかりでしたし」

「暴力……だと？」

突然冷えきったレナードの声に、アンはそういうことは時々だと繰り返す。

「そういう人には優先してお金を返したのでもう関わり合いもありません」

「でもエディもたいがいだろう。彼が、君を娼館に売ったのではないのか？」

「私を娼館に売ったのは、別の金貸しなんです。兄さんったら違うところで更に借金をしていて」

「つまり、こっちの借金はまだ残ってるってことか？」

「それどころか私が勝手に消えたことに怒っているみたいで……」

送られた手紙にはエディの手下が屋敷の窓をすべて割ったことや、『アンを見つけてこい』とわめき散らしたことが書かれている。

「三週間以内に金貨百枚をもってこないと、実家を取りつぶして倉庫にすると息巻いてるみたいなんです」

もちろん本来ならば、子爵の家を一金貸しがどうこうできるわけがない。だがアンの領地は人も住まない北の外れの小さな島で、国王の目もなかなか届かない場所だ。

それにエディは多くの貴族たちに金を貸し、その弱みを握っている。子爵令嬢のアンがいくら不正を訴えても、助けてくれる人はいないだろう。

それをレナードも知っているのか、彼はそれ以上尋ねず、真面目な顔でなにやら考え込む。

「三週間で百とは、かなり無茶を言うな」

「たぶん無茶だとはわかっているのだと思います」

ただ搾り取れるだけ搾り取ってしまおうと、エディは考えているに違いない。

せっかくお金を工面できそうだったのにと心の内で嘆いていると、突然レナードが書斎机をガサガサとあさり出す。

「だが、まあ何とかなる」

「えっ？」

「実を言うと、いい知らせが届いているんだ」

そして、レナードが机から取り出したのは大量の手紙だ。

その数は軽く二十を超えていた。

「あの、これは……」

「お礼状だ。君ががらくたの中から見つけた美術品の、本当の持ち主からのね」

「持ち主、もうこんなに見つかったんですか？」

「アンがせっかく鑑定したものを、そのままにはしておかないさ」

四六時中アンにくっついているレナードは仕事をしていないように見えたが、どうやら彼はここ最近の略奪と盗難の記録を調べ、美術品の持ち主を捜し出していたらしい。

「皆口々にお礼をしたいと言ってくれている。中にはすでに、小切手を送ってきている人もいるくらいだ」

その中の一枚を封筒から取り出し、レナードは躊躇いもなくアンの手に握らせた。

「これを集めれば、返済はあっという間だ」

「でもこれは元々レナード様が！」

「たしかに海賊から押収はしたが、そもそも俺はガラクタだと思って捨てようとしていたんだぞ？　その価値を見いだし、持ち主に返せたのはアンのおかげだ」

だから受け取りなさいと押しつけられた小切手を見て、アンは腰を抜かしかける。

「こ、これだけで金貨二十枚!?」

「そいつはけちな方だ、五十枚くらいぽんと出す貴族や金持ちが、この手紙の中には沢山いる」

「ならやっぱり私がもらってしまうのは……」

心苦しさに視線を下げたアンの髪を、レナードは優しく撫でる。

「ならば君にもう一つ、仕事を増やしても構わないか？」

「も、もちろんです！　どんなことでもします！」

思わず答えて、そしてアンは後悔することになる。

「なら、俺のためにそのドレスを脱いでくれ」

レナードの言葉にアンは固まり、呼吸すら忘れる。

「それは、舞踏会に着ていくには少し地味だからな」

「えっ、舞踏会……？」

呆然とするアンに、レナードがにっこり微笑む。

「仕事である人の舞踏会に行かねばならないのだが、相手がいなくて困っていたんだ」

「まさか、私に？」

「黙っていたが、俺は女性がどうも苦手でね……。でもアンなら、触れても怖くないから」

踊るように腕をとられ、抱き寄せられてしまえば、今度は恥ずかしさで何も言えない。

「俺のために、脱いでくれるね？」

「構いませんが、ほかに言い方があるでしょう……」

アンは指摘したが、どこかずれたところのあるレナードは、首をかしげるばかりだった。

＊　＊　＊

そしてすべての準備が整い、借金返済の旅行に出発することになったのは、その一週間ほど後のことだった。

無理矢理この屋敷に連れて来られた時は、もう二度と外には行けないのだと嘆いていたこともあり、アンはこの状況をにわかに信じられないでいた。

海に出るのだとようやく実感したのは、旅行用のドレスに身を包み、フレンと共に船着き場に向かう馬車に乗せられた時のこと。

そこでアンは、遠ざかっていくレナードの屋敷に旅立ちを実感し、少しだけ寂しさを覚える。

（私、意外とこの屋敷に馴染んでいたんだわ……）

使用人たちの奥様扱いには戸惑ったけれど、侍女二人や屋敷の使用人たちは皆優しかったし、屋敷に滞在していた、父によく似た顔の船員たちも気さくで明るく、一緒に過ごしていて不快に感じることはなかった。

何より俗世から離れ、ゆったりとした時間が流れる隠れ島での生活は、金策に疲れ切っていたアンの体と心を癒やしてくれていた。

だからこそ、いざ外に出ようとしてみると、島に馴染んだ体と心は不安を感じてしまう。

（私、ちゃんと外でもやっていけるかしら……）

それに一番の気がかりは舞踏会だ。

何せアンは、人前に出るための教育をあまり受けていない。

貧窮する経済状況ではドレスはもちろん家庭教師を雇うことすら困難だったのだ。

そのためアンは舞踏会はもちろん茶会にさえ出たことはないし、長い貧乏生活で身についてしまった所作は社交界には相容れないものだ。

アン一人が笑われるだけならまだいいが、そのパートナーであるレナードまで馬鹿にされるのは耐え難い。

そんな後ろめたい気持ちを察したのか、申し出の後、レナードは勇気づけるようにアンの肩を優しく叩いてくれた。

『俺のことは気にしなくていいし、舞踏会といってもそれほど大規模なものではないんだ』

それにと、レナードが申し出てくれたのはアンを淑女にするための協力だった。

『君が気後れしないよう、最大限の協力はするつもりだ。ドレスなどはもちろん用意するし、君の先生もすでに雇ってある』

急な話にそこまで用意ができるのかとアンは不安だった。けれど翌日、彼女はそれが杞憂だったことに気づく。

まるですでに準備されていたかのように、仕立屋と家庭教師がアンの目の前に現れたのだ。

年老いた二人の女性に微笑まれた時、アンは騙されたと思った。

きっとレナードは、借金の件が無くともアンを自分のパートナーとして連れて行く気だったのだ。

桟橋に向かう馬車に揺られながらその時のことを思い出し、悔しさに手をきゅっと握りしめる。

そうしていると、付き添い役として馬車に乗っていたフレンが、小さく笑った。

「そんな寂しそうな顔をしなくても、すぐおやっさんのトコにつきますから」

「別に、彼を恋しがっていた訳じゃ……」

言いながらふと、そういえば今日はまだレナードに会っていないことを思い出す。

船の準備のため、彼は朝のうちに屋敷を出てしまったのだ。

「今の言葉、おやっさんには言わないでくださいね。傷ついて泣いちゃいますから」

まさかと思う一方、アンの言葉に一喜一憂するレナードを思うと、それまでのいらだたしさがしぼんでいく。あの情けない顔を思うと、どうしても怒りが長続きしないのだ。

「それにしても、お嬢さんはまた一段と綺麗になりましたね。いやはや、見違えるようだ」

「ドレスのおかげです。レナード様が、質素なドレスはだめだって……」

これまでに贈られたドレスの中でも、とりわけ仕立てのいいドレスを、レナードと侍女たちはアンの鞄に放り込んでいた。

そして今纏うドレスも、家にいた頃は袖すら通さなかった高級な布地で作られたものである。

袖や襟元に覗くレースは息をのむほど繊細で美しく、船旅で着るにはもったいないとアンは思う。

だがレナードは『旅行用にあつらえたものを今着ないでいつ着るんだ！』と主張し、結局アンは袖を通すことになったのだ。

舞踏会に必要なドレスはともかく、そのほかはあつらえて欲しいと頼んだ覚えはないし、今纏うドレスも一度はレナードに突き返したものだった。

そもそも、採寸もしていないのにどうして体にあった完璧なドレスを用意できていたのかと考えて、何かを測るようにアンの体をじっと見ていたレナードのまなざしが頭をよぎる。

だがそれ以上は考えてはいけない気がして、アンはレナードの視線を必死に振り払った。

それから小さな咳払いをして、アンは目の前に座るフレンに笑みを浮かべる。

「でも、見違えるというならあなたもだわ」

「おっ、なかなか嬉しいことをおっしゃる」

そういって微笑む彼は、初対面の時からは考えられないような清潔感のある服を着ている。

それまでは船の上でも家の中でもところ構わず木炭油の香りが染みつくダブレットを身につけていたフレンだが、今向かいに座る彼が纏っているのは商船の乗組員が着るような青いガウンだ。

「今回は荒事じゃないですからね、時にはこういう格好もしますよ」

それにと、フレンは窓の外を見るようにいう。

「それに、あっちの方がもっと立派ですよ」

促されるまま窓に目を向けると、見えてきたのは小さな船着き場。そしてそこに停泊しているのは、見たことのない美しい帆船だ。

「『黒き風』じゃない……ですよね？」

「あれは派手に暴れる時用です。こっちのは、レナード＝ケインズ侯爵がお使いになる船ですよ」

「あんなに大きい船が二隻もあるんですね」

「こっちのは小綺麗すぎて、俺もおやっさんもあんま好きじゃないんですけどね」

ただ、この船は王から直々に贈られたものなので、目立つ場所に行く時は使わざるを得ないらしい。

「まあ、豪華なのは船だけじゃないっすけど」

「船だけじゃない？」

「行けばわかりますよ」

にやりとフレンが笑うのと同時に、馬車は船着き場に到着する。

彼の言葉を訝しく思いながらアンが外に出ると、遠くから馴染みの声が響いた。

「アン、こっちだ」

恋しくないとフレンには言ったけれど、響いた声に少しだけ、アンはほっとしてしまう。

そのまま無意識に早足になりながら声の方へと向かえば、船の上でレナードが彼女を待っていた。

「えっ……」

けれどその姿を見た瞬間、アンは不自然に歩みを止めてしまう。

それを躓《つまず》いたと勘違いしたのか、慌ててレナードが駆けてきた。

「大丈夫か？」

すぐ側で尋ねられ、アンはようやくそこにいるのがレナードだと認識した。

「大丈夫ですか?」

「いや、俺が聞いているんだ」

「いやでもだって……」

普段なら絶対にしないのに、この時ばかりはアンの方からレナードに手を伸ばす。

そしてそのまま彼女が触れたのは、いつもはひげに覆われているレナードの顔だ。

「つるつるになってる……」

「俺だって時にはひげも剃《そ》る」

「だけど急にそんなに……」

変わられると心の準備ができない。

ひげだけでなく髪も整えたレナードは、海賊のようなコートではなく貴族の男性が纏う上質なダブルのコートを纏っていた。

その下に着ている品のいいウエストコートや革のズボンはもちろん、足を覆うブーツにもくたびれたところや汚れはなく、いつものだらしなさは欠片もない。

また格好のせいか、それとも取り去ったひげのせいか、今日のレナードはいつもよりかなり若く見え、改めて彼がかなりの美丈夫であることを確認させられる。

もしレナードが男色ではなく、なおかつ女性嫌いでなかったら、さぞやもてたことだろう。いやむしろ、それでも彼に近づこうとする女性はいるに違いない。

「そんな格好も、するんですね」

「好きではないが、以前、いつもの服でこの船に乗っていたら軍に追われたんだ。どうやら、貴族の船を海賊が襲撃しているように見えたらしい」

不本意そうに眉を顰《ひそ》め、レナードは居心地悪そうに体を揺する。

「そんな理由でまともな格好をなさっているのですか？」

「でも、こっちの方がアンも好きだろう？」

「え？」

「前にほら、ひげは嫌だと言っていたし」

言っただろうかと思わず首を捻《ひね》れば、レナードはわかりやすくしょげる。

「もう少し、褒めてくれると思ったんだがな」

響いた声に、アンはほんの少しだけ、どきっとする。

レナードの声はどんな時でも低く甘い。

特に拗ねた声は妙な色気に満ちており、それを聞くとなんだかアンの心と体がむずがゆくなる。

「す、素敵だと思います」

「思ってもないような声だぞ」

「動揺しているだけです。レナード様はその、ずっとむさ苦しいままだと思っていたので」

思わず本音が出てしまい、はっとする。

でもレナードは怒ることなく、なぜか嬉しそうに笑っていた。

「見違えたと思ってくれたなら、嬉しい」

「見違えたとは言っていません、驚いただけです」

素直になれないアンは本音を隠すが、それでもレナードは嬉しそうにアンの手を引く。

「正装は嫌いだが、そうしてじっと見てもらえるなら悪くない」

告げるレナードの手の引き方も、アンを見つめる深いエメラルド色の瞳もいつも通りなのに、彼の側にいることをなぜか少し苦しいと思った。

＊　＊　＊

レナードの隠れ島から船に乗り、海に出てから約二日後――。

船は無事、舞踏会が行われる貴族の屋敷がある島『ルマン』へとたどり着いた。

ルマンは王城を有するパルマーナ国最大の島で、島内には三つの港と五つの町を有しており、中でもとりわけ大きい港のある首都『ルマン』の郊外に、その屋敷はあった。

町から少し離れたそこは、ブドウ畑が広がる丘陵の一角で、賑わった町中に屋敷を構える貴族が多い昨今では、非常に地味で珍しい場所といえる。

だが狭いあぜ道を通り抜けた先に現れた屋敷はアンが今まで見た中で一番美しく、そして豪華だった。

馬車を上に二台重ねても十分通れる大きな門をくぐり、丘陵の起伏に沿って十分走って
ようやく現れた屋敷は三階建ての巨大なもの。

門構えからして立派なお屋敷にアンは馬車を降りる前から萎縮《いしゅく》していたが、屋敷の前に
立った今、彼女は改めてパートナーを引き受けたことを後悔し始めていた。

「ずいぶん立派なお屋敷ですね」

「家主のアランドーリ男爵はパナマ軍随一の軍師だ。重い肩書きが嫌いだと男爵の身分に
甘んじているが、資産や王からの信頼は四大貴族にも負けないくらいだといわれている」

それならばこんな立派な屋敷を持っているのも納得できると、アンは美しい白い邸宅を
眺める。

「緊張してきたか？」

「ええ。こういう、華やかな場所は初めてですし……」

「緊張せずとも大丈夫だよ。君は立派な淑女だ」

「だけど……」

一週間ほどのレッスンで完璧な所作が身についたとは思えず、アンの表情は曇る。

「それにこの手の場所に縁がないのは俺も同じだ。ずいぶん長いこと、表に出るのは控え
ていたからな」

アンの緊張をほぐすための言葉だろうとは思ったが、彼女の手を取るレナードの腕はた

しかにいつもより力強い。

けれど一方で、アンに寄り添い歩くレナードは普段の彼からは想像もできないほど凛々しく、紳士的だった。

顔なじみらしい男女に声をかけられ、穏やかな笑みや社交的な挨拶を返すその姿はまさしく侯爵の名にふさわしい。

その姿は多くの、特に女性の目を引き、屋敷に入り控えの部屋に通されるまでの間、周りの視線はレナードへと集中していた。

そんな様子にこっそりため息をついてから、アンはふと船を下りる時フレンに耳打ちされた言葉を思い出す。

「おやっさんのこと、ちゃんと捕まえといてくださいね。あれで外面はいいから苦労すると思いますが、中身は超絶なへたれに変わりないんで」

たしかに見た限り、彼は立派な紳士だ。だがレナードが紳士であればあるだけ、その中にあの情けないレナードがいるとは思えなくなってくる。

（まるで、レナード様が遠くに行ってしまった気がする……）

そしてそれにどうしようもない寂しさを感じてから、ふと思い出す。

そもそも英雄であり侯爵でもあるレナードと自分の間には、もとから距離があるのだ。遠くに行ったのではなく、最初から遠かっただけで今も距離は変わらないし、この先もきっと変わることはない。

(何も変わらないことに落ち込むなんて、時間の無駄よね……)

くよくよしていても何もならないということは、今までの人生で痛いほど学んだ。泣いてもわめいても、現実は変わらない。

ならば無駄に落ち込んでいるより、今やるべきことをやらねばと、胸を突く寂しさを押し込める。

身分相応ではないけれど、少なくとも今自分はレナードのパートナーだ。

ならばそれにふさわしい淑女を演じなければと、アンは背筋をぴんと張り前を向いた。

＊＊＊

「レナード少佐、君のパートナーを紹介してくれよ」

この夜何度目かになるその言葉に、レナードは胃がきりきりと痛むのを感じつつ、偽りの笑みをはり付ける。

「軍にいた頃から浮き名を流していた君に、俺が最愛の人を紹介すると思うか?」

周囲からも違いないと笑い声が漏れ、レナードに声をかけてきた男は苦笑混じりに退散する。

場の空気を悪くすることなくハエを追い払えてよかったと思いつつも、レナードは少し離れた場所で年配の男と談笑しているアンを見つめる。

彼女の側には、レナードの話術と笑顔をもってしても追い払えなかった数匹のハエが寄っていた。

ハエ、とレナードは思っているが、彼が軍にいた頃の上官たちである。

主催者であるアランドーリ男爵が、元軍人であるが故にこの手の集まりには軍人とその妻が自然と多くなる。

そんな場所でかつての上司にアンを紹介しろと言われてしまえば、レナードは断ることができない。

英雄とは言われているが、レナードの軍での階級はそれほど高くはない。

彼の名を広めた第一〇八海戦の時の階級は大尉であり、後に少佐へと昇格したものの、パルマーナ海軍においてその階級はまだ中の上といったところだ。

もちろんその上の階級を授与されるという話もあったが、それを辞退したまま退役してしまったため、こうした場に出れば自分より階級の高かった相手に会うことは珍しくない。

そうなれば当然アンを紹介せざるをえなくなるのだが、それがどうにも気が進まないのだ。

レナードの上官ともなれば年齢はそれなりに高く、その傍らには夫人たちもいる。

となればアンに手を出す者は皆無なのだが、アンが自分以外の男性と喋っているだけで落ち着かない心持ちになってしまう。

その上、端から見ると、かつての上官たちと談笑するアンはレナードと言葉を交わす時よりずっと楽しそうなのだ。

自分の身分や社交界での経験のなさから、アンはずっとこの場に出ることを渋っていたようだが、こうして来てみれば彼女は周りの淑女たちと何ら遜色《そんしょく》はなく、むしろ下手な若い娘たちよりよっぽど上手に立ち回っている。

こうした談笑はもちろん、舞踏会の前に行われた晩餐《ばんさん》会では粗相一つしなかったし、二人で手を取り踊った時のアンは優雅な姿勢を崩さず、危うい瞬間は一度もなかった。

この一週間、アンが寝る間も惜しんで努力しているのを知っているレナードは、彼女の立ち居振る舞いが誇らしかった。

誇らしかったがだがしかし、アンが人目を集めてしまうことがレナードはどうしようもなく面白くないのだ。

つい昨日までは自分だけのものだったのにと考えて、レナードは慌てて子供じみた考えを打ち消す。

アンは物ではないし、レナードが所有しているわけでもない。

告白を受け入れてくれていたら状況は違っていただろうが、今の彼女とレナードの間に横たわっているのは雇用関係だけだ。

むしろそれ以上の関係を望めば、彼女は自分のもとから去りかねない。

パートナーとしての同伴は頼んだけれど、それもまた彼女は仕事の一つと割り切っているに違いなく、馬車に戻れば早速報酬のことを口にしかねないのがアンだ。

（そういう割り切りのいいところも好きだが、やっぱりこうじゃないだろう……！）

現実のアンは絶対言わないし、やらないとレナードはわかっていたが、『私、レナード様にふさわしいレディでした？』と上目遣いに尋ねてきて欲しいのが男心だ。

可能ならちょっと不安げな上目遣いがいい。あと胸に寄りかかりながら聞いてくれるともっといい。

手にした葡萄《ぶどう》酒を呷《あお》りながら、レナードはしょうもない妄想を繰り返す。

考えていることはどうしようもないが、公の場にいる時は凛々しい顔を保つくらいのことは自然にできるレナードは、端から見れば紳士らしい立ち居振る舞いを続けていた。

そしてアンを紳士たちが放っておかないように、フリーになったレナードを女性たちが放っておくはずもない。

「レナード様！」

色香に満ちた声にびくりと肩を震わせて、レナードは背後に現れた女性たちを振り返る。

「私と踊っていただけませんか？」

「いえ、私と！」

「それより、あちらでゆっくりお話ししませんか？」

好き勝手な要求を携え近づいてくる女性たちに、レナードは内心悲鳴を上げる。

そして慌ててアンを捜すが、彼女は上官たちに勧められた酒を飲んでおり、こちらには見向きもしない。

（側にいて欲しいといったのに……）

これまた女々しいことを考えながらも、レナードは努めて紳士的な姿勢を崩さず、取り囲む女性たちを見つめる。

口々にダンスをと迫られ、レナードはどうやって逃げ出そうかと僅かに後ずさる。

「いいえ、彼と踊るのは私です」

そんな時、女性たちの声の間に、甘く、少しハスキーな声が割ってはいった。

聞き覚えのある声にはっとしながら視線を動かせば、女たちの向こうにレナードの見知った顔がある。

妖艶な赤いドレスを身に纏い、金糸の髪に彩られた美しい紫色の瞳をじっとこちらに向けている女に、レナードの目は釘付けになった。

「失礼」

それまでの冷静さを欠いたように、レナードは慌てて女に近づき、彼女の腕を掴んだ。

「踊っていただけますね？」

口元を扇子《せんす》で隠しながら、女はレナードに甘い声で懇願する。

「……踊りより、話をしよう」

「もちろん、喜んで」

レナードの言葉に、彼を目当てにしていた令嬢たちが一斉に落胆する。

そしてそのまま二人が腕を組んで別室に行ってしまうと、彼女たちはすごすごと本来のパートナーのもとへと戻った。

そんな中唯一、部屋を出るまでレナードの背中に視線を送っていたのは、パートナーを失ったアンだけであった。

＊　＊　＊

少し風に当たりたいので。

そう言ってアンが人混みから抜け出したのはレナードが見知らぬ女性と部屋を出て少したった頃だった。

アンは一人、ホールから抜け出し控え室の方へと歩く。

勧められるままお酒を飲んだせいか、足取りはいつもより重い。

それに加えて胸の方もむかむかしてきて、アンは壁に手をつき、少し呼吸を整える。

やはり少し飲み過ぎたと後悔するが、支えてくれる人は今側にいない。

実をいうと、アンはあまり酒が強くない。だが差し出されるのを断るのは失礼な気がして、必死に飲んだのだ。

最後の方は、一人にされた寂しさを忘れたくて強めの酒を入れてしまった部分もあるが。

(それにしても、あの女の人は誰だったんだろう……)

壁に寄りかかりながら、部屋を出て行ったレナードの背中を思い出す。

あれほど女性が苦手だと言っていたくせに、あの金髪の女性が現れた瞬間、レナードの目の色が変わったのをアンは見ていた。

アンのいた場所から女性の顔は見えなかったけれど、レナードの方へと進む足取りは優雅で、小柄なアンより背が高い彼女は、長身のレナードとも釣り合いがとれていたように思えた。

(自分よりも、ずっと……)

顔も知らない女性と自分を無意識に比べていることに気がついて、慌てて頭を振る。

(そもそも比べる意味などないのよ。私は、偽りのパートナーでしかないんだから)

無理矢理呼吸を落ち着かせ、アンは壁から体を離し、ゆっくりと歩き出す。

一歩歩みを進めるたび、部屋を出て行ったレナードのことが浮かんでしまう自分が情けなかったが、それもこれもお酒のせいだと言い聞かせながら廊下を進む。

その時、応接間の手前に、扉が開いたままの部屋があることに気がついた。

長い廊下に並ぶ扉はどれも閉まっているのに、その扉だけが開かれ、光が漏れている。

その光につられるように歩みを進め、部屋の中を覗き込んだアンは息をのんだ。

「それじゃあ、お願いね」

「わかっている」

まるで抱き合うような、ひどく近い距離に並ぶレナードとあの女性の姿が、部屋の中にあったのだ。

それを食い入るように見つめていると、女は視線に気づいたらしく、アンの立つ戸口の方をちらりと見る。

「私はもういくわ」

「だめだ、一人では帰らせられない」

「大丈夫。ちゃんと迎えは来てくれるから」

追いすがるレナードを袖にして、女は優雅な足取りでアンのいる戸口の方にやってくる。

「レナードを借りちゃってごめんね」

微笑む女の言葉には悪意はなさそうだったが、アンは少しいらだつ。

けれど目がくらむほどの美貌を前にしては返す言葉が浮かばず、結局アンは彼女が立ち去るのをただただ見ているほか無かった。

「……まったく」

そうしていると、ふとこぼれたのは困ったようなレナードの声で、それがまたアンの心をいらだたせる。

「彼女と、何を？」

アンがここに来るとは思っていなかったのだろう、レナードは少し驚いた顔で彼女を見つめる。

「仕事の話だ。この舞踏会で依頼を受けるはずだったんだが、まさかあいつが持ってくるとは」

親しげに『あいつ』と女性を呼ぶのがまた面白くなくて、アンの声音はまた冷たくなる。

「お知り合いだったんですね」

「ああ、昔の友人だ。今は、こんな場所に出てきていい身分ではないから、のこのこ現れたのを見て肝が冷えたよ」

親しい上に高貴だとわかると、面白くない気持ちの中に僅かな焦りが混じり、アンは近づいてきたレナードから少し距離をとる。

「だが、君に声をかけずに部屋を出たのは悪かった。俺を、捜していたんだろう」

「そんなんじゃありません」

ただ気分が悪かっただけだと言おうとしたが、ふと見上げたレナードの顔はなんだか嬉しそうで、思わず言葉が詰まる。

「何で、そんな嬉しそうなんですか」

「いや、もしかしたら妬《や》いてくれたのかなと」

「や、妬いてません！」

ムキになって言い返すのがいけなかったのか、レナードは眉を下げる。

「でも、安心していいから」

「安心って何をですか、私は妬いてなんて……！」

「男なんだ」

笑顔で告げられた言葉に、アンは息を呑み、無意識に拳を握りしめる。

だがその変化にレナードは気づかず、情けない顔のままアンを抱き寄せようと腕を伸ばした。

「あれは変装で、だから……」

がつんと、生々しい衝撃音が響き、レナードの顔があらぬ方向へと向く。

「だから？」

静かな声で質問を返され、そこでレナードはようやくアンに殴られたことに気づいたようだ。

「あ……アン？」

「……もう、知りません」

レナードの頬を殴り飛ばした拳をほどきながら、アンは冷ややかな顔でレナードにくるりと背を向ける。

（よりにもよって男と！　それに、私があのこと知らないと思って嘘つくなんて……！）

酒のせいで正常な思考力を失っていたアンは、それまでの淑《しと》やかさが嘘のような大股《おおまた》で、レナードに背を向け歩いて行った。

＊　＊　＊

どうやら自分は、今度こそ完全に、アンを怒らせてしまったらしい。

帰りの馬車の中で、レナードは張りつめた空気に怯えながら、アンの様子を窺っていた。

アンが妬いてくれたと思い、調子に乗ったのが特にまずかった。

馬車に乗り込むなり、一度もこちらを見ないアンからは刺すような怒気が絶えず漏れていて、レナードはかける言葉を探して戸惑う。

「今日は、完璧だった」

そうしてさんざん悩んだあげく、出てきたのはそんな当たり障りのない言葉。

たしかにアンの振る舞いは完璧という言葉以上のものだったけれど、今かけるべきはそれじゃないだろうと内心では思う。

「ありがとうございます」

形ばかりの笑みと言葉に、やはり言葉の選択を間違えたなとレナードは後悔した。

アンは本当に喜んでいる時ほどそれを隠そうとする。逆にこうしてわかりやすく笑っている時は、機嫌が悪い時だということを、レナードはこの一ヶ月で学習した。

だが残念ながらアンの機嫌を直す方法は未習得なので、アンが再びぷいと窓の方へ顔を向けても、レナードは声をかけることすらできない。

一方で、アンの横顔はうっとりするほど綺麗で、レナードは今すぐ彼女を抱き寄せたいという思いでいっぱいになる。

アンは作法の自信がない、自分はドレスが似合わないと悲観的なことを言うが、自分の横に立つアンは立派な淑女だった。

年上の貴族たちが多い舞踏会であったにもかかわらず、物怖《ものお》じせず立派にレナードのパートナーとしての振る舞いを続けた彼女が、レナードは誇らしくもありまぶしかった。

同時に、アンの美しさは自分だけが知るものだったのにと、子供じみたことを再び考えてしまう自分が情けない。

その子供じみた思いが、アンを誰の目にも見せたくない、またあの家に閉じ込めておきたいという行きすぎた独占欲の片鱗《へんりん》であることに、気づいているから余計にだ。

アンのことになると、自分は余裕が無くなる。

そしてその余裕の無さが、心の内に封じ込めたはずの歪んだ欲望を呼び覚まそうとしているような気がする。

アンを大切にしたいのに、彼女の幸せを奪うような身勝手な欲求を彼女に押しつけてしまいそうな瞬間が近頃は増えていた。

彼女がドレスを纏えば、すぐさま脱がせたいと思うし、仕事をしている時は絵画とアンの間に入り、彼女の瞳を自分に向けさせたいと思ってしまう。

またこうして明らかに機嫌を損ねているのを見ていると、無理矢理唇を奪い、あの鋭い瞳で睨まれながら罵られたいという欲求が顔を出すのだ。

自分は、病気かもしれない。

むしろ病気だ。

だからこそ表に出さぬよう、普段は妄想の中だけでやり過ごしてきた。

けれど、レナードはもうすでに気づいてしまったのだ。

妄想の中のアンより、現実のアンの方が何倍も美しくて、可愛くて、魅力的なことに。

自分が欲しいのは目の前に座るアンだ。

そう思うだけで伸ばしたくなる腕を押さえながら、レナードはすでに熱くなりかけた体を必死に冷ます。

「レナード様」

だがこういう時に限って、アンは甘い吐息をこぼすのだ。

これは神が与えた試練だろうか。それとも悪魔のいたずらだろうかと悩みながらレナードは覚悟を決めて、アンを見る。

そして彼は後悔した。先ほどまであんなに冷たかった表情が、なぜか今は蕩けるような色気を放っている。

「レナード様……」

その上彼女は先ほどより更に甘い声でレナードを呼ぶ。

もしかしてこれは妄想だろうか。あまりに欲求不満すぎて妄想と現実の区別もつかなくなってしまったのだろうかと慌てた時、アンがしなだれかかってきた。

「だめだアン……馬車の中でそんな……！」

先ほどまでは馬車の中で身を預けられるのを望んでいたのに、実際に胸に頬を寄せられると、この期に及んで女々しい台詞を吐いてしまう。

理性が飛んでしまうからだめだと一通り主張し慌てたところで、ふと、レナードはあることに気づく。

もう何十回もこっそりかいだアンのかぐわしい香りが、今は濃いアルコールの匂いにとって代わっている。

そういえば普段は飲まない酒を、沢山呷っていたことに気がついて、レナードははっとした。

「アン、どれくらい酒を飲んだ?」

けだるそうに体を起こし、アンは指を折る。

七つほど指を折ってから首をかしげ、アンは更に二つほど指を折り、ふっと笑った。

「これくらい……です」

いつものつれない台詞からは想像もできない子供っぽい甘え声。

その破壊力にまたしても理性が飛びそうになったが、レナードは何とかこらえた。

「酒は、得意なのか?」

答える代わりに、小さく首を横に振る仕草はすさまじく可愛くて、レナードは今すぐアンにキスしたい衝動に襲われる。

だが何とか自分を保ち、どこか拗ねたようなアンの表情をそっと窺う。

不満げなまなざしから察するに、酒はあまり好きではなく、レナードのために飲んでくれたのだろう。

パルマーナ国の人は男女ともに酒に強い者が多く、社交の席でもかなり強めの酒を出す。そしてそれを無遠慮に若い女性に勧める男たちは多いのだ。

もちろん飲めなければ断ってもいいが、たいていの女性はけろりとした顔でそれを飲み干してしまう。

それを知っていたアンが、無理をして酒を飲むことくらい想定すべきだったのだ。

「すまない、俺がちゃんと断ってやればよかった」

もう一度しなだれかかってきたアンを抱き寄せ謝れば、彼女が胸の中で突然笑い出す。

「元々、頼りにしてまへんよ？」

呂律が回らない口調にレナードの理性はまた飛びそうになる。

でもたぶん次はない。これ以上可愛いところを見たら、今度こそ自分は再会した晩の過ちを繰り返す。

それがわかっていたレナードは目と口と耳を閉じ、自分は物言わぬ貝だと必死に念じ続けた。

＊　＊　＊

ふと気がつくと、アンはレナードの手によって見知らぬベッドの上に横たえられていた。

ぼんやりと混濁していた意識は幾分ましになったが、体が浮くような感覚は抜けず、まるで風邪でも引いたかのように体が熱っぽい。

「侍女を呼んでくるから、少しだけ待っていてくれ」

それではつらいだろうというレナードの言葉で、自分がまだドレスを着たままであることに気づく。

それを早く取り去ってしまいたくて、アンは大きくあいた肩口に手をかけた。

「だめだ、まだ脱ぐな」

とたんにレナードが焦った調子でアンの手を摑み、言い聞かせる。

「あつい、から」

「暑くてもだめだ。侍女を呼ぶから待ちなさい」

そういって背を向けられると無性に寂しくて、アンはついレナードの服の裾《すそ》を摑んでしまう。

「ここ…いて」

「ここにいたら脱げないだろう」

「いて」

そのまま服の裾を思い切り引くと、彼女の行為を予想できなかったレナードの体が傾く。

咄嗟に受け身をとったものの、レナードの巨躯はあっけなくアンの横に倒れ、ベッドが大きく軋んだ。

「危ないだろう！」

レナードは慌てるが、それよりも彼が側に来たことがなんだか無性に嬉しくて、アンは彼の腕にしがみついた。

けれど嬉しい気持ちはそこでふと陰りを見せる。

彼の逞しい腕に頬を寄せると同時に、アンの頭に舞踏会でのことがよぎったのだ。

側にいろと言いながら、自分を置いて部屋を出て行くなんてと、今更のように強い怒りを感じる。

いらいらして、でもなんだか寂しくて、アンが最終的にとった行動は、レナードの腕を強く摑むことだった。

「頼むから放してくれ。そうでないと、俺は……」

いつの間にか、レナードはアンを覗き込むように体を起こしていた。

上から見下ろす彼の瞳は燃えるような色気に満ちていて、それを見ただけでアンの体の奥が震えるように疼く。

初めてこうして距離を詰められ、その先の行為を無理矢理知らされた時、アンは生まれて初めてレナードを恐ろしいと思った。

けれど今は、こうして一番近くに彼がいることがなんだか嬉しい。もっと彼に近づきたいという思いまである。

「レナード」

うまく動かない口を必死に動かし、アンは彼の首に抱きつく。

「これで、私が一番」

先ほどの女性たちより、舞踏会で彼に色目を使っていた女性たちの誰よりも、今自分はレナードの近くにいる。

それに安心して、アンはほっと息をつく。

だがアンに余裕があったのはそれまでだった。

「警告はしたぞ」

張りつめたレナードの声が耳朶を震わせた直後、レナードの舌がアンの首筋を舐《ねぶ》り、体がびくりと震えた。

「レナード……さ……」

「君はわかってない、俺がこの一ヶ月、どれほどの忍耐を己に強いていたのかを」

首を這っていた舌はアンの顎をたどり、甘い吐息こぼす唇をふさぐ。

「ん…ふぅ……や」

深い口づけを交わした後、レナードは再び首筋に顔を向ける。

先ほどとは反対の首筋をいやらしく嬲りながら、ドレスの上からアンの胸を強く揉みしだく。

「うっ……ふぅ」

彼の大きな手が胸を覆うとそれだけで体の熱があがる。けれど、ドレスの下にコルセットまで締めた状態では、レナードの指の感触が肌に届かず物足りない。

肌に直接触って欲しい。

普段なら決して思わないであろうはしたない欲求が、酔いと共に溢れた。

「レナード…様…」

「どうした？　こうされるのはいやか？」

違うのだと首を横に振るが、どうしても口が回らない。

体に残ったアルコールが、アンから言葉と最後の理性を奪いつつあるのだ。

「本当に、酒が弱いと見えるな」

僅かに手を緩めたレナードに、アンはもう一度頭を振る。

「もっと……」

こぼれたはしたない言葉に、僅かに残ったアンの理性が恥ずかしさに頬を染める。

いやらしいことをねだるなんて、自分はどうかしている。

心ではそう思っているのに、体と口はレナードを求めるようにもっと欲しいとねだり続けるのだ。

「現実でねだられるのは初めてだが、悪くないな」

悪くないと繰り返しながら、レナードはドレスをたくし上げ、ドロワーズ越しにアンの太ももに触れる。

初めて抱かれた時より指の動きは優しかったが、それが少しじれったい。

アンの一番奥、レナードに触れて欲しくて震える場所になかなかたどり着かないのが切なくてたまらないとさえ思う。

「レナード様……」

「そんな顔をしなくても、ちゃんと触ってやる」

レナードも、期待に濡れるアンの瞳を見て、何を望まれているかに気づいたらしい。

ドロワーズの中に手を滑り込ませ、レナードはアンの一番敏感なところに触れた。

「はっ…あぁ……」

指先が触れただけなのに、腰がびくりと動き、ドロワーズに蜜がにじみ出す。

そのまま二度三度とドロワーズの上から指で擦られ、アンは気持ちよさに体を震わせた。

「触れただけなのに、イキそうな顔だな」

「あぅ……ん」

「だがこれで満足してもらっては困る」

いやらしく湿った下着を手始めに、ドレスとその下のコルセット、シュミーズと順を追い、レナードはアンから服を取り去っていく。

少しずつ近づいてくる結合の時を体は予感しているのか、薄着になっていくにつれ、アンの蕾からこぼれた蜜が太ももをいやらしく伝い落ちた。

「まずは、ここを綺麗にしないとな」

蜜をこぼすアンのはしたない下腹部に気づいたのか、レナードはアンを膝で立たせ、その太ももを愛おしそうに舐めあげた。

指とはまた違う、ざらりとした感触に膝が震え、せっかく舐めとった上からまた蜜がこぼれてしまう。

レナードの顔を汚してしまうかもしれないと、慌てて蕾を指で押さえるが、アンの細い指ではとうてい塞ぎきれない。

「君はすぐ、隠したがるな」

「でも、汚れて……」

「汚くはないし、アンのものでならいくらでも汚れたい」

アンの指をどけさせて、レナードは膝の上から太ももへ、そしてその更に上へと舌を這わせていく。

「あぅふぅ…」

これから彼が触れるであろう場所を予感しただけで、膝が震え姿勢が保てなくなる。

頽《くずお》れたアンを支えたのはもちろんレナードで、彼は安心させるよう腹部に優しいキスを落としながら、彼女を仰向けに横たえた。

そのまま脚を大きく開かれると、今更のように自分の格好が恥ずかしくなる。

今すぐ脚を閉じたい気持ちと、脚の間にいるレナードがしようとしていることへの期待に心が乱れ、アンは葛藤する。

彼を求めてはいけないとわかっているのに、触れて欲しくてどうしようもない気持ちが、消えないのだ。

むしろ求める気持ちは一秒ごとに肥大し、抑えきれない。

「もっと脚を開くんだ」

言われるがまま脚を開き、一番恥ずかしいところをレナードに見せつけながらいったいいつから自分は彼を求めていたのだろうかと考える。

最初はいやなはずだったのに。無理矢理犯されたあの日、たしかに恐怖を感じたはずなのに、今はその片鱗すら思い出せない。

「悦い顔だ、綺麗だよ」

レナードが笑うのを感じながら、更に大きく脚を開く。

「あああっ……！」

先ほどまで太ももで感じていたあの舌の感触が、蜜の溢れる蕾そのものを嬲る。

快楽が津波のように押し寄せ、アンの腰は波に翻弄された小舟のようにはねた。

「やぁ……あああぅ」

レナードが自分の股に顔を埋めるのを見ながら、アンははしたない声を上げ続ける。

喰らうようにアンの秘所に口を寄せ、その蜜を舐めとるレナードはまるで血に飢えた獣のようだった。

「ぅ、くぅ、ん……」

アンの視線に気づいたのか、レナードが上目遣いにアンの顔を見る。

その燃えるような瞳に、アンの体がぞくりと震えた。

普段の子犬のようなものとは違う、鋭く激しい獣の瞳。

その視線が自分に注がれていることを嬉しいと感じるのは、レナードが自分を求めていると、喰《く》らいたいと願っているのだとわかるからかもしれない。

たとえ父の身代わりでも、身代わりだからこそ、彼が求めるのは自分だ。

選ばれたのは自分だということが、アンはどうしようもなく嬉しかった。

「アン、そろそろいきなさい」

「あ、ンッ…」

「我慢しなくていい、ここがたまらないんだろう」

レナードの熱い舌が、アンの肉芽を乱暴に擦った。

「ああああああ――――!」

意識が白く飛び、何かが爆ぜるようにびくんとはねた体は、溶けてしまいそうなほど熱い。

「ンっ……!」

初めての時よりも大きな開放感に、アンの体は芯《しん》をなくしたようにぐったりとベッドに倒れ込む。

そのまま戦慄いていると、絶頂で硬くなったアンの乳首をレナードがつまみ上げた。

「くふっ……」

まるでいたぶるように乳首をつまみ、はじかれ、乳房と共に揉みしだかれると、体の熱は冷めるどころか高まっていく。

それに従い、アンはもう一度、今度は無意識に脚を広げていた。

「いい子だ」

頭を撫でられ、顔がほころぶ。

「そのまま力を抜いておくんだ。まだ、少しきついかもしれない」

快楽とアルコールのせいで、アンの意識はほぼ無いに等しい。

けれど彼女の本能はレナードの言葉に従い、彼を受け入れる準備を整えていた。

「挿れるぞ」

覆い被さるように体を重ねてきたレナードに、アンは縋るように腕を回す。

けれどレナードの広い背中はアンが腕を回すには大きすぎて、うまく抱きしめられない上にその背に爪を立ててしまう。

けれどレナードは、その痛みさえ愛おしいというように、微笑んだ。

「もっと強く俺に触れてくれ」

アンは求められるがまま彼の背に爪を立てる。

中を押し広げられる感覚に呼吸が乱れ、胸が大きく上下する。苦しいけれど、それ以上の気持ちよさがやってきて、アンの吐息はより一層の熱を帯びた。

「やはりまだ狭いか」

打ち込まれた楔が僅かに退くのを感じ、アンは嫌々をするように頭を振る。

「や…まだ…」

「安心しろ、少しずつ慣らすだけだ」

もう一度、今度は先ほどより力強く腰を打ち込まれて、じゅくじゅくといやらしい音を立てながらレナードの楔がアンの膣を押し広げた。

その圧迫感はすさまじく、今更のようにアンはレナードの大きさを意識する。

「そう、急かすな……」

レナードの大きさを感じたいと無意識に思っていたせいか、アンの体はレナードを更に締め付けていたらしい。

「ごめんな……さい……」

「構わない……。求められるのは嬉しい」

唇を優しくついばみ、レナードがふっと笑う。

だが優しげな笑みとは裏腹に、レナードの肉棒は荒々しくアンの膣を抉る。

「ああっ……ン!!」

触れ合った箇所から熱が解け合い、アンの口からは欲望のままに吐息が漏れる。

(もっと……もっとして欲しい……)

レナードを求めるはしたない気持ちが溢れ、アンは今にも抜けてしまいそうな彼の楔をきゅっと締め上げる。

「欲しいのか？」

「……しぃ……欲しいの」

「何が欲しい？」

「レナード……レナードさまの、ほし……ぃ」

理性を失ったアンは淫らに懇願し、誘うように脚を更に開く。

「ならば、もう容赦はしない……」

降りてくる声はいつになく切なげで、それを聞いたアンは心を震わせ、力強く子宮を突き上げるレナードを根元まで受け入れた。

「んっ、あ……んん!!」

レナードの先端がアンの蜜を掻き分け一番深くにたどり着いた瞬間、アンの顔が悦楽に染まる。

「……ああああ!!」

体を震わせながら快楽に溺れ、でも、それでもまだ何かが満たされなくて、レナードをきつく締め付けるアン。

果ててもなお自分を求め続けるアンを嬉しく思ったのか、レナードはその唇を奪いながら自身を彼女の中に深く深く埋める。

「よかったか？」

レナードの問いかけに、アンは虚《うつ》ろな瞳から涙をこぼし、頷く。

「なら朝まで交わろう。俺はまだまだ満足できそうもない」

レナードの言葉にもう一度頷きながら、アンは自分の中でレナードが少しずつ力を増していくのを感じる。

このまま突かれ続けたら、自分は壊れてしまうかもしれない。

おぼろげな意識の中で何かが警鐘を鳴らしたが、再び律動を始めたレナードの肉棒にすべての意識が搦め捕られていく。

「レナード……様」

「レナードと、せめて今だけはそう呼んでくれ」

吐息の中に滑り込ませたレナードの懇願に、アンが甘い声で応える。

「レナード……ッ…レナード」

「ああ、そうだ。ずっとそう呼ばれたかった」

レナードの恍惚とした表情を見つめながら、アンは何度も何度も彼の名を呼び、再び熱と快楽の海に溺れていったのだった。

第五章

柔らかく温かい肢体を抱き寄せ、レナードはほっと息をつく。

窓から差し込む月明かりの下、先ほどの乱れ様が想像できぬほど無垢《むく》な顔で眠りこけているアンは天使のようで、レナードは片時も目を離せずにいた。

「やっとだ……」

アンが自分を求め、受け入れてくれた。

そのことが何より嬉しくて、レナードはアンの頬を撫でながら、目を細めた。

（このまま、朝まで彼女を抱きしめていよう……。そして彼女の目覚めを誰よりも早く、近くで見たい）

それはどんなに幸福なことだろうかと考えながら、アンを起こさないよう優しく抱き寄せて、ふとレナードはある異変に気づいた。

先ほどまでは温かかったアンの体が、僅かに冷たくなっている。

裸のままで冷えてしまったのかと慌てて身を寄せ毛布にくるんだが、変化はなかった。むしろアンの体は冷たさを増すばかりで、その柔らかさも失っていくように感じる。

おかしいと思ってアンの顔をもう一度覗き込み、息をのんだ。

穏やかだったはずの寝顔は何かを恐れる悲痛なものへと変わり、閉じていた目は開き生気の無いまま虚空《こくう》を見つめている。

尋常でない様子に、レナードの頭によぎったのは、怒りと恐怖に目を剝きながら、自分の目の前で死んでいく家族の姿だった。

最後の最後までレナードを憎み、嫌悪し、罵《ののし》りながら死んでいった家族の顔。

それがアンと重なり、レナードは喉を詰まらせる。

（まさか……また、俺は彼女まで……）

温もりを失っていくアンの体を何とか温めようと、レナードは乱暴に彼女の体をさする。けれどレナードが触れれば触れるほど、アンの体は更に冷たくなり、どろりとしたものが手に纏わりついてくる。

慌てて手を止めると、レナードの手には得体の知れないものがべったりと張り付いていた。それを恐る恐る月明かりにかざし、愕然とする。

両手についていたのは、血だ。

その赤い色をたどりながら慌てて身を起こして、レナードは目を見開く。

昨晩つけた愛の証が、いつしか醜い傷痕となってアンの体を汚していた。

「違う、俺はこんなこと……！」

アンだけは、彼女だけは傷つけたりしない。するわけがないのに、ベッドに広がる血溜まりはあまりに生々しい。

慌てて目を逸らすが、一度焼き付いてしまった光景は脳裏から離れず、体が震え、目の奥が熱くなる。

同時に意識が揺らぎ、自分を保てなくなるような、不快な感覚がレナードを蝕《むしば》み始める。

それに新しい恐怖を抱いたその時、何かが、レナードの肩に触れた。

「……レナード」

心地好い温もりが肩に触れたと同時に、二度と聞けないと思っていた声が頭上から響く。

「レナード様！」

はっとして顔を上げるとそれまで暗かった寝室に日の光が差していた。

「よかった……」

心配そうな声に視線を向ければ、見下ろしていたはずのアンの顔が、逆にレナードを見下ろしている。

「目が覚めたらずいぶんうなされていて、それで私慌てて……」

その表情は少し強ばっているが穏やかで、レナードは思わずアンを抱き寄せ、問いかける。

「俺は、君に何もしていないだろうか？」

「ど、どうしたんですか突然？」

「君を傷つけたり、乱暴にしたりは？」

「いや、してないと……」

アンの言葉が待ちきれず、レナードは毛布をはぎ取り裸体に触れる。

見たところ、彼女の体にあるのは昨晩彼がつけた愛の証だけだ。

その数に我ながら多すぎたと反省するが、傷はどこにもない。

ほっとして、レナードはアンの髪に顔を埋め、胸を撫で下ろす。

「あの……」

そうして穏やかなひと時を堪能していると、レナードの胸に顔を埋めていたアンが、くぐもった声を出す。

苦しかっただろうかと慌てて腕を緩めて、レナードはまだ朝の挨拶をしていなかったことに気づき、口を開く。

「おはよう」

彼女の可愛らしい返事を期待して、レナードは挨拶と共に彼女の唇を優しくついばむ。

しかし顔を離すと同時に、レナードはそれが間違いだと気づく。

「……え？」

アンの顔に浮かんでいたのは、疑問と驚愕。

そこにちっとも幸せそうな様子が見えないことに気づいて、レナードは悟った。

これは、いろいろとまずい。

「なっ、なんでキスするんですか!?」

今更過ぎる言葉を放ってから、アンは突然頭を押さえて目を細める。

「どこか痛むのか？」

やはり自分が何かしてしまったのかと心配するが、どうやらそういうわけではないらしい。

「なんだか、頭がずきずきして……」

アンの告げる症状は二日酔いに違いなく、レナードはひとまずほっとする。

一方で、頭を押さえるアンには昨晩の艶めかしさや甘さは露ほども残っておらず、レナードの声はみるみるしぼんでいく。

「もしかして風邪かしら……」

「いやたぶん、二日酔いだと思う」

「酔いってことは、私お酒を？」

「まさか記憶がないのか？」

「飲んだような、気はするんですが……」

頭を押さえながら、アンはまず部屋を観察し、レナードを観察し、最後に裸の自分に目を向けた。

「レナード様」

どこか冷え冷えとした声に、レナードは慌てて姿勢を正す。

「頭だけじゃなくて、体が痛いです」

「昨日は、すごかったから」

「……す、すごかったとは？」

「すごく、すごかった」

我ながら間抜けな回答だなと思いつつも、何がアンの怒りに触れるかわからないレナードには、こんな言葉しか繰り返せない。

一方アンの方は、何かを思い出そうとするように手を額に当て、硬直している。

「覚えて、いないのか……」

「すみません、起きたばかりで私も状況が摑めて無くて……」

なにやらぶつぶつと独り言をこぼすアンの声を盗み聞いたところ、どうやら彼女は悪夢にうなされるレナードの声で目が覚め、慌てて起こしてくれたらしい。

そしてそのまま彼の抱擁《ほうよう》と口づけに翻弄されてようやく、意識がはっきりしてきたのだろう。

必死に状況を理解しようと努めるアンの横顔を恐る恐る眺めながら、レナードはアンが昨晩の甘いひと時を思い出してくれたらと思うが、どうやらそれは難しそうだった。

「つまりその、したんですか」

尋ねる声は疑惑に満ちていて、レナードは慌てて宣言する。

「断じて無理矢理ではないぞ。俺は君をここに運んですぐ退出するつもりだったし、誘われなければ手を出すつもりはなかったんだ」

「私が、誘ったってことですか？」

「『いっちゃやだ』とか『もっと』とか、あといろいろ言われて理性がだな……」

「私から、誘ったんですか……？」

同じ質問を繰り返してから、アンは再び頭を押さえる。

おそらく、自分の声が二日酔いの頭に響いたのだろう。

「やはり覚えていないか？」

「……言われてみると、おぼろげですが」

頬を染め、体を小さくするアンに少しだけほっとする。

何一つ記憶がないのではと思ったが、どうやら少し覚えているらしい。

「一応、合意の上だったぞ」

叱られる気がして、レナードは念を押しておく。

だが意外にもアンは怒るのではなくて、ただ黙ってため息をこぼすだけだった。

そしてそれが、レナードには余計につらい。

たしかに誘われたのは事実だが、平常時ではないとわかっていてアンを抱いたのは事実だ。

「すまない、我慢すべきだった」

「いいんです。酔っていたとはいえ、はしたないまねをしたのは私なので」

淡々と返される言葉が余計に心に刺さる。

「本当に悪かった。もう、二度と……」

しない、と言わなければいけないのに、二度と触れられないと思うと無性につらくて、声が震える。

なんて情けない男なのだとレナードが項垂れると、アンがもぞもぞと布団の奥に戻った。

「もしかして、どこか具合が悪いのか？」

「……もう一回寝たら夢にならないかなって思って」

「ならないし、俺は夢にできそうもない」

すごくよかったからとこぼすと、布団の下の丸まりがびくっと震える。

「あんまり、そういうこと言わないでください」

「照れたのか？」

「照れてません！」

照れてないんだからとかすかに聞こえてきた声に、レナードは思わず毛布の上からアンを抱きしめる。

「困ったな。一度外れてしまったせいか、いろいろ我慢ができそうもない」

「外れたものがなんだか知りませんが、もう一回締め直してください！」

「ずっと我慢していたんだ。アンとこうしたかったのに、触れられなくてつらかった」

アンの顔らしき場所に口づけを落とせば、彼女は慌てた様子でシーツから頭を出す。

「こう、したかったんですか？」

「もちろんだ」

「なぜ？」

「なぜって……」

ここで返答を間違えたらもう二度と触れられなくなるのがわかっていたので、レナードは必死に言葉を探す。

けれど結局いい返答は見あたらず、彼は自分の気持ちをわからせようと、アンの顔をじっと見つめた。

「もういいです」

「今ので伝わったか？」

「ええまあ。じっと、顔を見ていましたし、何となく」

「伝わったか！」

ついに好きな気持ちが伝わったと喜ぶあまり、視線が離れたとたん、アンがため息をこぼしたことにレナードは気づかない。

「ならば、またこうしてもいいか？」

「えっ？」

「君の唇に何度も口づけたい。そうしていないと、死んでしまうような気になる」

「気のせいです」

「気のせいでも、つらい」

だからもう一度と、アンの顔の横に腕をつき、レナードは彼女の唇を奪う。

最初は戸惑っていたアンも、執拗《しつよう》に歯をこじ開けようとするレナードの舌使いには敵わず、最後はされるがままだった。

「急にキスがうまくなったな」

「しみじみと言わないでください、恥ずかしいです」

そう言ってアンはもう一度シーツに隠れてしまい、結局彼女を引きずり出すのに、レナードは一時間以上かかったのだった。

＊＊＊

ようやく服を纏い、今いる場所がレナードの所有する別宅だとわかったのは、太陽が高く昇った頃だった。

レナードの住まいは王城のある本島から離れているため、王都に用事がある時はこの別宅を利用しているのだという。

軋みをあげる体を何とか奮い立たせ、別宅を管理しているこれまた年配の侍女たちにドレスを着せてもらいながら、アンは体に残った昨夜の名残《なごり》を目の当たりにし、言葉を失った。

体中に残る口づけの跡はすさまじい数で、いかに昨晩の行為が激しかったかを今更のように知った。

着付けてくれる侍女たちは何も言わないが、体の具合を見ると、部屋の外まで聞こえるくらいはしたない声を上げてしまっていたのではないかと思う。

おぼろげな記憶ばかりだが、レナードの愛撫に感じてしまったことをなかったことにはできない。

何より、酔っていたとはいえレナードを求めてしまったのは事実だ。

彼に触れたいと願ったことも、触れられて喜んでしまったことも、明確ではないがたしかに記憶していた。

(私は、いつからこんなはしたない女になってしまったんだろう……)

レナードの心が父のものなら、せめて体だけでもと、昨日の自分は思っていた。

酔った勢いだとレナードには告げたが、そうなるように誘導した意思は自分の中に確実にある。それどころか彼への気持ちが日に日に育っているのをアンは感じていた。

(どうすれば、気持ちに蓋をすることができるんだろう)

ドレスを纏いながら考えを巡らせてみるものの、明確な答えはまだ見つかりそうもなく、彼女はため息を繰り返す。

そうしていると、不意に寝室の扉が叩かれる。

またレナードかと呆れつつ入室の許可を出すと、顔を出したのは意外な人物だった。

「そろそろ、準備はできましたかね？」

にこやかな笑みを浮かべながら部屋に入ってきたのはフレンだった。

彼の登場に、アンは重要なことを忘れていたのに気づく。

「ごめんなさい、私すっかり……」

「いいんですよ。むしろ体の調子が悪いならまた別の機会にでもしますか？」

「いいえ、今のうちにすませておきたいの」

告げながら、アンが旅行鞄から取り出したのは金貨の袋だ。

それは金貸しエディに返すためにアンが小切手を換金しておいたものだった。

（一時はどうなることかと思ったけど、何とか間に合いそう）

侍女の手を借り、てきぱきと外出の準備をすると、アンは金貨の袋を手に早速部屋を出る。

それを慌ててフレンが追いかけ、そこでふと彼はしみじみとこぼした。

「でもいいんですか？　このこと、おやっさんには話してないんでしょ？」

「ちゃんと許可はもらっているわよ」

「えっ、おやっさんが許可したんですか？」

過保護なレナードがアンを外に出すわけがないと、フレンはそう思っているらしい。

その考えを見抜き、アンは小さく笑った

「渡すのはレナード様からいただいたお給金だし、お話は通したわ。昨日の舞踏会でもね、絵の持ち主を紹介してくださって、謝礼を少しいただけたのよ」

それに手配をフレンに任せるように頼んだのはほかならぬレナードだと言うと、彼は一応信じたらしい。

「お嬢さんが外出するなんて言ったら、泣きながら引き留めそうなのに」

「泣くってそんな大げさな」

たしかにレナードは情けないけれど、アンが少し外出しただけで取り乱すようなことはないだろうと彼女は笑いながら家を出る。

けれどそこで、アンはフレンの言葉を少しだけ理解することになった。

「二人とも遅かったな」

用意してくれた馬車に乗り込もうと外に出たところで、レナードが待っていたのだ。

「どうしてここに？」

「どうしてって、俺も一緒に行くからだが？」

「えっ、一緒に!?」

さも当たり前だという顔に、アンは思わず聞き返してしまう。

「アンを一人で行かせるわけがないだろう。ただでさえ、君は今日、体調が優れないのに」

「たしかに、少し頭痛は残っていますけど……」

「それだけじゃなくて」

無駄に色っぽい視線と声を向けられ、アンの体がかっと熱くなる。

「本当は、歩くのもしんどいんじゃないか」

「だ、大丈夫です」

「アンは意外と体力があるんだな。昨日はあれだけ激しかったのに」

レナードが言葉を重ねるたび、体の奥が落ち着かないような、むずがゆいような感覚を覚える。

それがなんだか恥ずかしくて、アンは慌ててレナードの手を取った。

「時間がないので、行くなら早く行きましょう」

早く早くと急かすとレナードはようやく口をつぐみ、二人は馬車に乗る。

手綱を持つフレンの合図によってようやく馬車は走り出し、アンはそこでひとまずほっとするが……。

(なんだか、すごく近い)

レナードの馬車は広く、隣同士で座っても十分余裕があるはずなのに、今日はレナードとの距離がひどく近い。

外出用にと選んだドレスは、動きやすさを重視した、裾に膨《ふく》らみがないものだったので、少し足を動かしただけで、レナードの足に触れてしまう。

それがなんだか落ち着かなくて、アンはレナードから僅かに距離を置こうとしたが、それよりも早く、彼女の腰に逞しい腕が回された。

そのまま、離れるどころか逆に引き寄せられた時、馬車が大きく揺れ、アンはレナードの胸に寄りかかってしまう。

今までのレナードなら、こういう時は慌てて身を引くか、僅かな躊躇いの後、アンから手を放しただろう。けれど今日は、逃さないとばかりに腰に回していた手に力を込める。

「この道は少し揺れる。しばらくこうしていなさい」

「いえ、でも……」

「馬車の揺れは体にきついはずだ。俺のことは敷物か何かだと思って、体を預けてくれ」

こんなに大きくて逞しい敷物は無いと言いたかったが、レナードが腕を放す気配はない。

「だ、大丈夫です……」

レナードに触れられているとどうにも緊張してしまい、アンはその腕から逃れようとする。

するとレナードはアンを手放すどころか、彼女の体を軽々持ち上げ、自身の膝の上にのせてしまった。

「ここで」

「お、重いですから！」

「アンは軽いから平気だ」

「ですが……」

レナードから逃れようとアンは必死に言葉を探す。

けれど向けられた瞳を見れば、彼に解放する気が無いのは明らかだ。

(まあ、少しくらいなら良いか……)

体が痛むのはその通りだしと無理矢理自分を納得させ、アンは渋々その身を預けた。

＊　＊　＊

『陸の上の海豚《いるか》亭』

薄暗い路地には似合わぬ可愛らしい海豚の看板が下がるその店にたどり着くやいなや、アンの表情は僅かに硬くなった。

馬車の中では緊張している様子を見せなかったが、長年自分を苦しめている相手にいざ会うとなれば、さすがのアンも平常心のままではいられないのだろう。

彼女の僅かな変化を感じ取ったレナードは、強ばった体をほぐそうとアンの肩に手を置く。

けれどこういう時でも素直になれないアンは、その手から逃れるように身をかわし、レナードを見上げる目に力を込めた。

「ちゃんと、おとなしくしてくださいね」

「さすがに、人前でいやらしいことはしない」

「そうじゃなくて」

そうじゃなくてと繰り返してから、アンは困ったような顔でレナードを見上げる。

「レナード様には、ここで待っていて欲しいんです」

提案はレナードには思いがけないもので、眉を顰める。

聞き間違いだと思いたかったが、アンの顔は真剣だった。

「ここに来る時は、いつも一人ですし」

「だからといって、行かせられるわけがないだろう」

もちろん慌ててアンに取りすがるが、どうやら彼女は本当に一人で行くらしい。

「でもエディからの指示なんです。英雄の名を盾に借金を踏み倒すようなことはさせない、金は一人でちゃんと持ってこいと」

察するに、どうやら金貸しのエディはアンがレナードの庇護下にあることを知っているらしい。

それならいっそ、自分に金をたかりに来てくれれば気兼ねなくアンに援助ができるのにと考えたが、そううまくはいかないようだ。

「口出しはしないから、ついて行ってはだめだろうか？　それに、俺もエディには用事があるし……」

「用事ですか？」

「ああ、面倒な用事だ」

だからこのまま引くわけにはいかないのだと、強い意志を視線に込めれば、複雑な事情があるとアンも気づいたらしい。

なるほどと頷き、彼女は少し考え込む。

「でもやはり、まずは私に行かせてください」

「かたくなだな」

そういう表情も愛おしいがと心の中で付け加えつつ、どう説得すれば良いものかと同時に悩む。

そうしていると、アンは少し困ったように目を伏せた。

「私も、ただ意地をはっているわけではないんです。実は前に一度、エディの言いつけを破って家の者を連れて行った時、とても揉めてしまって」

「揉めたとは？」

「約束を守れぬ者に返済期限を延ばすようなことはできないと四時間ほど怒鳴り散らされたあげく、同行していた男性に乱暴を……」

「俺なら、いくら殴られても平気だ」

むしろ殴られないと胸をはったが、どうやらその主張はアンの不安を煽るだけだったらしい。

「だからこそきっと、もし揉めればエディと配下の海賊たちは本気でレナード様の相手をするでしょう。そうなればいくらあなたでも無傷ではいられないだろうし、そうなったら私は自分を許せません」

「もしかして、俺を心配してくれるのか？」

「心配しないわけないでしょう」

当たり前のことを言わせるなと言いたげな表情に、言いしれぬ幸福感で胸が躍る。

「そうか、心配か」

「なんですか、突然気持ち悪い顔をして」

「その手の心配をされるのはなんだか新鮮で、嬉しいんだ。この顔と体と肩書きのせいで、人からは銃弾にあたっても死にそうにないとよく言われる」

だから生まれて初めてまともな心配をされたかもしれない、と真面目に言えば、今度は呆れた顔をされる。

「さすがに大げさすぎます。今はともかく、子供の頃は心配されたでしょう？」

「いや、こういう嬉しい心配はたぶん初めてだ。だから特別だ。今日を記念日にしたいくらいだ」

「大げさです」

何度窘められても、嬉しいものは嬉しいのだから仕方が無い。

それからレナードは、よしと覚悟を決め、アンに微笑む。

「そこまで心配してくれるなら、しばらくの間ここで待とう」

「本当に？」

「ああ、アンの心配を無下《むげ》にはしたくない」

「大げさすぎますが、感謝します。なるべく早く、レナード様のことはエディに伝えますので」

言うなり、アンは早速酒場の中に入っていく。

それを見送り、扉が音を立てて閉まるのを見て、レナードは側の壁にそっと寄りかかる。

心配してもらえた嬉しさのあまりうっかりアンを行かせてしまったが、やはり一人になると不安はつきまとう。

（少しの間だとはわかっているが、想像以上にきついな）

一人になり、静かに押し寄せてくる不安を、レナードはアンの笑顔を思い出すことでやり過ごす。

そうしてしばし妄想に耽っていると、先ほどより酒場の中がにわかに騒がしくなったことにレナードは気づいた。

騒がしいと言ってもそれは僅かな変化。人の話す声がほんの少し増えた程度だが、それだけのことに、不思議とレナードの体は警戒をする。

こういう時ほど、悪いことが起きるのは、長年の経験でわかっている。

腰に差した船剣《カトラス》に無意識に右手を置き、もう片方の手を酒場の扉にかける。

ドンッと、銃声が響いたのはその時だ。

酒場の中から響いたその音に、レナードの頭に最悪の状況が浮かぶ。

震えそうになる手で扉を押し開くのと、静かだった店内に罵声と銃声が飛び交い始めたのはほぼ同時だった。

突如として始まった混乱に、酒場にいた者たちは誰一人としてレナードの存在に気づかない。

そんな中、レナードはアンの姿を捜そうと酒場のあちこちに視線をやり、息をのんだ。

酒場の奥、長いカウンターの側に、アンは床に伏すようにして倒れている。

その体がぴくりとも動かないことに心臓が凍り付いた瞬間、レナードは彼女の側に広がる血溜まりに気がつく。その赤い色は床だけでなく、アンのドレスや四肢にも広がっていた。

すぐにも彼女に駆け寄りたいのに、体が言うことを聞かず、呼吸すらままならなくなる。

その刹那、目の奥に昨晩夢で見た光景が走り、レナードの中で、何かが音を立ててはじけた。

＊＊＊

初めに感じたのは、肩に走る痛みだった。

口からこぼれた苦悶《くもん》をきっかけにアンは意識を取り戻し、床に倒れ込んだ自分の状況を怪訝に思う。

なぜ自分は倒れているのかとボンヤリと考えた時、アンの鼓膜を一発の銃声が震わせた。

(そうだ、突然銃声がして……)

驚いて逃げようとした瞬間、何かに足を取られて倒れたことを思い出す。

倒れたのは肩からだったが、受け身をとれずに倒れたせいで頭を打ち、意識が飛んでしまったようだ。

どれくらい気絶していたかはわからないが、アンの感覚的には倒れてからさほど時間はたっていない。

けれどようやくはっきりしてきた視界で辺りを見ると、周りの様子は一変していた。

まず目にとまったのは、足下に転がる男の体だ。

血を流すその体はぴくりとも動かず、絶命しているのは明らかだった。

思わず悲鳴を上げかけたものの、声は出てこなかった。

慌てて男から目を逸らしたアンはそこで、呼吸すら忘れる光景を目にしたのだ。

自分を取り巻く世界は、いまや一面血の海だった。

気絶する前はあれほど怒号に満ちていたのに、男たちは皆倒れたまま動かず、今は物音一つしない。

そしてそんな血の海の中心で不気味に立っているのは、一人レナードだけだった。

気絶した間にいったい何があったのかと思うが、それを探ろうと辺りをくまなく見つめる勇気がアンには無い。

荒事に慣れているとはいえ、さすがにこれだけの死体の山を前にして、冷静でいるのは無理だった。

それでも何とか意識を手放さないよう呼吸を整えていると、不意にレナードがアンを振り返った。

その服や顔は血だらけで、アンはこの惨状を作り出したのが彼であることをようやく理解した。

同時に、アンが感じたのは底知れぬ恐怖だ。

血の海の中に立つレナードの顔には感情がまるで無く、人を殺したとは思えぬ静かな面持ちで、息一つ乱さずただそこに立っている。

そしてその静けさが、アンは無性に恐ろしかった。

逃げたい、逃げなければと本能が激しく訴えるほどに。

「……！」

けれどアンが体を起こすよりも、近づいてきたレナードが彼女の腕を摑む方が早かった。

逃げ腰になっていた体を引き寄せられ、痛いほどの力でアンはきつく抱きしめられる。

強すぎる力に息が詰まり、思わず咳き込んだが、力は緩むどころか強さを増すばかりだった。

一方で、苦しさが増すにつれ、抱いていた恐怖は不思議と溶けていく。

レナードの顔には未だ表情がなく、その瞳はおぼろげで意思はない。

けれどアンを包み込む体は、まるで幼子のように震えていた。

その震えを肌で感じていると、いつものあの情けない姿が頭をよぎり、恐怖よりもまず心配になる。

「レナード様」

自分を抱き寄せるレナードは今にも壊れてしまいそうで、言葉よりもまず安心させなければと思い、その大きな体にそっと腕を回す。

いつか彼がしてくれたようにそっと背中をさすると、強ばっていたレナードの体から僅かに力が抜けた。

「怪我は、ありませんか？」

戸惑いながら尋ねると、レナードは僅かに頷く。

「アンは……」

「大丈夫です。さっきはその、銃声に驚いたせいで転んでしまって」

「でも、血だらけだ」

言われて初めて、自分もドレスを真っ赤に染めていることに気づく。気持ち悪さに顔をしかめそうになったが、今そんな顔をしたらレナードが更に不安になりそうだと思い、堪える。

「隣に倒れていた方のものだと思います。打ちつけた肩は痛いけれど、それだけです」

アンの言葉にレナードはようやく腕の力を緩める。

けれどやはり心配なのか、レナードはアンの体をつぶさに観察した後、壊れ物を扱うように彼女を抱き上げた。

咄嗟にレナードに縋りついた時、背後で扉が勢いよく開く。

新手かとアンは息をのみ、そして現れたのがフレンだとわかりほっとした。

「一応無事、みたいですね」

大丈夫だと頷こうとしたが、歩き出したレナードのせいで、フレンに笑みを返すことはできなかった。

「後始末をしておけ。あと例の件も……」

端的な指示にフレンは頷き、そこでちらりとレナードの腕の中のアンを見つめる。

その目が申し訳なさそうに伏せられたことに気づいたが、その理由を尋ねることはできなかった。

フレンの返事を待つことなく、アンを抱えたレナードは急ぎ足で店を出た。

そのまま彼が向かったのは馬車の停めてある大通りの方角で、まさかこのまま通りに出るつもりなのかとはっとする。

けれどフレンが場所を移動させたのか、馬車は人目につきにくい裏通りの一角に停められていた。

血だらけの姿を人目に晒さずにすんだとその時はほっとしたが、馬車に乗り込むレナードはいつもと様子が違い、アンは不安を感じる。

アンの体を椅子に座らせると同時に、レナードは馬車の扉を力強く閉めた。

その衝撃でカーテンが下がり、馬車の中は行きの時よりも暗くなる。

けれどレナードは灯りをつけることもせず、アンの側に腰を下ろしその手を取り上げた。

「よ、汚れてしまいます……」

血で濡れた腕を引くが、レナードはそれを許さない。

「怪我はないか、もう一度確認する」

冷え冷えとした声で告げるレナードに、アンは慌てて首を横に振った。

「私はどこも怪我をしていません」

「ならばこれも、これも、これも、あそこにいた奴らの血か……」

カーテンの隙間から覗く光にアンの手をかざし、レナードは忌々しそうに目を細める。

それから彼は腕から体へと視線を移し、血塗られたアンのドレスに目をとめる。

「こちらも、あいつらの……」

嫌悪感をにじませた指先で、レナードはアンの胸元に触れる。

そして彼は恐ろしいほどの力で、ドレスをあっという間に引き裂いてしまった。

レナードは並の男性より何倍も力が強いのだろう。

ドレスは裾まで裂かれ、馬車の床に投げ捨てられた。

今更のように悲鳴を上げて体を手で覆うが、コルセットとシュミーズが丸見えになった体は、細い腕だけでは隠せない。

その上レナードはアンの反応が不満だったらしく、胸元で組まれたその手を掴みあげた。

「まだ、綺麗になっていない」

唖然とした次の瞬間、レナードは手の下に隠れていたアンの胸元に顔を近づける。

そして彼は、荒々しい舌使いでアンの鎖骨から首筋までを舐めあげた。

「……ひゃあぅ」

「じっとしていろ」

レナードは呟くが、そうするのはひどく難しい。

何度も何度も鎖骨と首を行き来する舌は乱暴だが、その荒々しさにアンの体ははしたない反応を示し始めたのだ。

異常な状況なのに、レナードに触れられ舐められた体は淫らな熱を生み出し、アンの一番奥を少しずつ少しずつ蕩かし始める。

それでも昨日のように乱れたくなくて、歯を食いしばりながらレナードを窺う。

彼の舌が糸を引きながら肌から離れた一瞬、アンが見たのは、自分の胸元についた赤黒い血の跡だった。

今更のように気持ち悪さを感じた次の瞬間、それをレナードの舌が乱暴にぬぐい取る。

「あっ……！」

舌が上から下に何度も肌の上を這うと、アンの中に芽生えた淫らな気持ちが嫌悪感を少しずつ溶かしていく。

首の血を丹念にぬぐい取ると、今度は肩を、手のひらを、指の先を、レナードはいやらしい音を立てながら舌で綺麗にし始めた。

その行為はひどく乱暴なのに、アンは拒絶することができない。

行為自体が恥ずかしいこともあるが、アンに言葉を呑み込ませたのは、舌を這わせるレナードの張りつめた雰囲気だ。

アンの腕を取るレナードにはいつもの笑顔はなく、酒場で見たあの冷え冷えとした表情のままだった。

けれど一方で、その瞳はどこか虚ろで、その奥にある彼の心は些細《ささい》なきっかけで壊れてしまいそうに見えた。

彼はアンを綺麗にすると言いながら、何かから必死に逃れようとしているようにも見え、それを止めてしまうことはきっと、レナードにとって良いことではない気がする。

酒場で縋るように抱きつかれたことを思い出しながら、アンは首筋へと戻ってきたレナードの舌に甘い吐息をこぼす。

「これで、綺麗になった」

満足げな声に、アンはなんと返せば良いかと悩む。

そうしているとレナードは行きの馬車と同じように、彼女を自分の上へと座らせた。

そして次の瞬間、レナードはアンの唇を舌で優しく舐めあげる。

「あ……」

血の味がする口づけは唐突で、拒否はできなかった。

無意識に開けてしまった唇の隙間から舌を入れられ、音をたてながら吸い上げられる。

「ふぁ……あぁ……」

吐息を貪られるたび、頭がぼんやりし、体の奥がしびれていく。

唯一力が入る指先さえもレナードの指に搦め捕られ、逃れようとする意思すら奪われていく。

体が熱く、嬌声が唾液と共にキスの合間からこぼれる。

(今日は酔っていないのに……)

「わたし……こんな……」

「もっと乱れてくれ」

「みだ……れる?」

「君の熱を感じていないと、不安でおかしくなりそうだ」

レナードは乱れろと言うが、素直に頷けるほど、アンははしたない行為に慣れていない。

「アン」

けれど、虚ろな瞳で見つめられ、乞うように名前を呼ばれると、首を横に振れなくなってしまう。

「感じさせてくれ、君を」

「んッ……!」

体がびくりと震えたのは、レナードの指先がドロワーズの中に入り込んだからだった。

「や……まって……」

「待たない。俺はもう、待たない」

繰り返される言葉には強い意志が見え、アンは今更のように、二人の関係が今までと変わってしまったことに気づく。

そのきっかけが昨晩の行為のせいなのか、先ほどの乱闘のせいなのかはわからない。

だがどちらにしろ、レナードはもう遠慮はしてくれない。

そしてアンの方も、攻められることに不思議と恐怖は抱いてはいなかった。

「あっ……やッ……ン」

レナードの指が肌を滑るたび、ドロワーズがいやらしく湿っていくのをアンは感じる。

心がレナードを求めている自覚はあった。だが今はそれだけではない。アンの心と、そして体が、レナードに触れられることを、その先にある行為を求めていることに、気づいてしまった。

(私、どうしてしまったの……)

レナードは恋人でも何でもないのに、触れて欲しくてたまらないと思う自分がいる。

アンの顔をじっと見つめるレナードは、アンではなくそこに潜む父の面影を求めているというのに、こうしているとまるで彼に愛されているような気分になるのだ。

「名前を呼んでくれ。君がここにいると感じたい」

請われるがまま、レナードの唾液で濡れた唇を震わせる。

「レナード」

改めて名を呼ぶと、なぜだか体が震え下腹部が熱くなる。

昨晩、その名を呼びながら彼を受け入れたことを、アンの体は記憶しているらしい。

「アンに呼ばれると、たまらなく安心する」

目元を細めるレナードは、普段の情けない姿から想像ができぬほどの色気があった。

それを見ているだけで反応してしまう体にアンは動揺したが、彼女の表情もまた、普段の気の強さからは考えられないほど、悦楽に蕩けてしまっている。

「でもまだ、足りない」

太ももを撫でられながら、レナードはアンの首筋に唇を落とす。

「んっ……」

首筋に沿って舌を這わせた後、鎖骨の少し上でレナードの唇が不意に止まる。

「あっ……」

そこを強く吸い上げられ、アンの体は僅かな苦痛に震える。

「あと……ついちゃう」

「証をつけているんだ」

「………んっ！」

吸われたところに歯を立てられ、アンの体が再び震える。

「綺麗にしただけでは足りない。俺のものだと、汚せるのは俺だけだと示さなければ」

跡がついたであろう場所を、今度は優しく舐められる。

しつこいまでに何度も、何度も、舌が首筋を行き来し、アンはそのたびに喉を反らした。

つられて下腹部の疼きは強くなり、こらえようとしたアンは太ももをきつく閉じ、身をよじる。

「君は俺のものだ。この首も、乳房も、腰も、そして一番深いところも」

「ひぁ……」

くちりと、いやらしい音が響くと、アンは戦慄き瞳に涙を溜める。

「…だ……め」

「ここは俺のものだ。俺だけの」

「や……あふれ……」

「もっと乱れろ、俺の手で」

ドロワーズが足首まで下げられ、濡れる秘部が眼下に晒される。

無骨な指は熱く濡れそぼった花弁を何度かなぞった後、その間に割入り、蜜を掻き混ぜながら肉壁をたどって奥へ進む。

恥ずかしさにアンの腰が逃れるように揺れるが、レナードの腕がきつく押さえていて、逃がしてはくれない。

「ふぁ…あ、ん……」

秘部を掻き回す指はいつしか二本に増え、こぼれ出す蜜の量が多くなる。

そうなるとアンの意識も蕩けてしまい、アンは自分が馬車の中にいることも、そこで淫らに体を震わせていることもわからなくなってしまった。

「気持ちいいか」

「ち、がう……」

「なら、もっとだ」

「や、ぁ……ああ！」

芽をつまみ上げるレナードの指によってアンの嬌声は大きくなり、体がビクンと震える。

二本の太い指で内側の壁をなぞられながら、快楽にきゅんと尖《とが》った芽をいじられると、アンはたまらなくなってしまう。

「いや……」

言葉とは裏腹に、アンはレナードの太い指に自らをこすりつけ、甘美な快楽を取り込んでいく。

「啼くんだ」

耳に言葉と息を吹きかけながら、レナードが指を奥へと突き立てる。

「あ、あぁぁっ！」

くわえ込んだ指を締め上げながら、アンは絶頂に体をしならせた。

頭が真っ白になり、あまりの気持ちよさに芯を失った体はレナードへとしなだれかかる。

けれどもちろんそれで終わりではない。

ぐったりしたアンの体を少しだけ持ち上げると、レナードは下衣の前をくつろげ、勃ちあがっていた肉棒を取り出した。

「次はもっと奥まで刻み込んでやる」

力の抜けたアンの股を開かせ、その中心に肉棒をあてがう。

すでに乱れて濡れていたアンの入り口は拒むことはなく、レナードとの結合は驚くほど早かった。

「うぅ……あぅ」

力の抜けたアンの体を乱暴に抱き寄せ、レナードはその腰に自らを突き入れる。

肌の触れ合う音は激しく、アンの体は糸が切れた人形のようにガクガクと揺れた。

それにあわせて馬車も軋みをあげたが、それを気にする余裕はもうない。

何度も何度もレナードに突き上げられ、一度薄れた快楽が戻ってくると、意識を保つだけで精一杯になってしまう。

「もう、汚させない……」

ふとこぼれたレナードの声に、アンは虚ろな瞳を彼へと向ける。

上下に揺れる視界の中、唯一捕らえられたのは自分と同じ虚ろな瞳を持つレナードの姿。

汚させないと繰り返すその姿は異常で、何度も腰を打ちつける動きは初夜の時以上に凶暴だった。

けれどアンはそれを、もう拒むことができない。

「もう二度と放さない」

縋りつくように回された腕は体だけでなく心も搦め捕っているのだと、おぼろげな意識の中でアンは思った。

そしてそこから抜け出すどころか、このままで良いと思っている自分にアンは動揺する。

レナードが普通でないように、自分もどこか普通ではないのかもしれない。

肉壁を抉る快楽に乱れながら、アンはボンヤリとそんなことを思った。

＊　＊　＊

目を開けると、側にあったはずの温もりが失われていた。

それがどうしようもなく寂しくて、わびしさにシーツの海に手を這わせたところで、ふとアンは我に返る。

「気がつきましたか？」

覚醒と同時にかけられた不安げな声に目を開けると、見覚えのある扉の前にフレンがぽつんと立っていた。

彼の存在にはっとして、アンはレナードに破られた衣服を捜そうと身を起こす。

だがそこは先ほどまでいた馬車ではなく、アンの体には馴染みの夜着が着せられていた。

フレンの手を煩《わずら》わせたのだろうかと思ったが、彼の困り顔を見てあえて尋ねるのはやめておく。

「あの、ここは船……ですよね」

「ええ、おやっさんの言いつけで、急ですが屋敷ではなくこちらに」

改めて辺りを見回すと、そこは行きに乗ってきた船の船室だった。

広さはほどほどだが、品のいい寝台と書き物机が置かれたそこは、アンのためにとレナードが内装に手を入れた部屋だった。

小さな円い窓から外を覗くと、水面の向こうに朝日が昇るのが見え、もうすでに船は出航しているのだと気づく。

「もしかして私、一晩中寝ていました?」

「ええ。でもそろそろ起きる頃かなと思って、こちらに」

フレンの言葉を聞きながら、ならばレナードもそろそろ来るのだろうかと扉の方を見る。

けれど一目散に飛んできそうな彼の姿はなく、代わりにフレンが寝台の側にある椅子に腰を下ろした。

「おやっさんは、たぶんまだ起きてきませんよ。ああなると、しばらくは寝込むんで」

「ああなる……?」

「お嬢さんも見たんでしょう、『アレ』を」

脳裏をよぎったのは、もちろん酒場での出来事。無意識に唾を飲み込むと、落ち着かせるようにフレンが優しく肩に手を置いてくれる。

「おやっさん自身もあんまり自覚がないようなんですが、時々ああして『普通』じゃなくなる時があるんです」

　血の海に独り立ち、感情のない顔で自分へと縋りついていたレナードは、たしかにいつもの彼ではなかった。

　普段の優しげな面立ちからは想像もつかないあの冷え冷えとした雰囲気は、最初に無理矢理抱かれた時と似ていたが、あの時よりもずっと静かで鋭く、思い出しただけで僅かに体が震える。

「お嬢さんには話しておかなきゃと思ってたんですけど、最近は落ち着いていたもので……」

「落ち着くということは、もしかして病気か何か……ですか？」

「正直さっぱりなんです。荒事に巻き込まれた時にああなることが多いですが、それもその時々でしてね」

「レナード様も、原因はわからないと？」

「そもそも、その間の記憶がほとんど無いみたいですしね。だからこそ本人も気にしてるみたいで、人前に出ないのもそれが理由なんだと思います」

　とは言え、とフレンは慌てた様子で付け足す。

「一度豹変したら誰彼かまわずってことはないんです。ああなるのだっておやっさん自身や仲間内の誰かがやばいって時がほとんどですし、無意識ながら一応は分別もあるみたいで」

弁解する様子から察するに、フレンはアンがレナードを恐れ、嫌いになるのではないかと不安なのだろう。

正直に言えば、レナードのあの様子は常軌を逸していたし、恐ろしいと思う。

けれどそれよりも強く感じているのは、レナードを憂う気持ちだ。

「レナード様のことだから、必要以上にご自分を責めそうね」

「ええ。ああなると、少なくとも一週間はふさぎ込んで、部屋から出てきません」

何となく、そのふさぎ方は想像ができて、哀れに思う気持ちに拍車がかかる。

「その上今回は、更に気が滅入るところに行かなきゃならないし、落ち込みすぎないかとちょっと心配です」

「そういえばこの船、どこに向かっているの？」

気が滅入ると聞いて、今更行き先が気になったアンはフレンに問いかける。

うっかりしていましたとばつが悪そうに頭を掻きながら、フレンは少し考え込む。

「ちょいと仕事で、一度おやっさんの実家に帰ることになったんです。ただ、あそこはおやっさんの『泣き所』だから、今行くのは避けたいんですけど」

「実家ってことは、ケインズ家のお屋敷ですよね？」

「ええ。実はちょいとばかりやっかいな物探しの依頼を受けてましてね。その品がどうやらケインズ家の邸宅にあるとわかって……」

　もしかしたらそれは、レナードがエディに会いたがっていた理由とも関係があるのかしらと考えたところで、フレンが小さなため息をこぼす。

「でもまあ、ある意味では、おやっさんの変態的な収集癖が功を奏《そう》したともいえますね。おかげで、仕事自体はすぐにすみそうだし」

「待って、今ものすごく気になる言葉が聞こえたのだけど気のせいかしら？」

　それまでの重苦しかった話題を別の方向に逸らされたことを感じ、思わず言葉を挟む。

「あれ、おやっさんから聞いてません？　お嬢さんが売り払った家財を集めてあれこれしてる話」

　なぜここで家財の話が出てくるのか。

　そしてあれこれとはどういうことなのか考えかけて、アンは慌てて心を無にする。

（これ以上考えてはいけない気がするのは、気のせいかしら……）

「あっまずい。これは、珍しく起きてきましたね」

　その時、廊下の方がにわかに騒がしくなる。

　なにが起きたのかと、問うまでもなかった。

　入り口に移動したフレンが戸を開けると、そこには上半身裸のレナードが、ふらつきながら立っていたのである。

「服を着てください」

「さすがお嬢さん、あんなことの後でも指摘が的確ですね」

フレンは感心したように言うが、そう思ったのは実はアンも同じである。

昨日のレナードの様子を思い出し、なおかつフレンの話を聞いた今、目覚めたレナードとどう接したらいいのかと、実は心の奥でずっと悩んでいた。

必要以上に怯えてしまったら、きっとレナードは落ち込むに違いない。かといって、いつものように彼と顔を合わせられるものなのかと少し心配していたのだが……。

「アン、今すぐ君に触りたい」

「意味がわかりません。そして服を着てください」

現れたレナードは、どこからどう見てもいつも通りで、アンの方もそれにつられて普段通りの反応をしてしまう。

それにほっとしたのか、フレンがさりげなく部屋を出て行くと、レナードがアンの側へとやってくる。

そのまま寝台に腰を下ろし、レナードは落ち着かない様子でアンを見つめた。

どうやら、触っていいと許可が出るまでは、一応我慢するつもりらしい。

そのいじましさもまた彼らしく、なんだか少し、気が抜けてしまった。

「触るのは構いませんけど、レナード様の方こそ大丈夫なんですか？　寝込んでいたと聞きましたけど」

早速手を握っていたレナードは、かけられた言葉に少しだけ表情を硬くする。

「フレンから、聞いたのか？」

「ええ」

「情けない話だが、昨日のことはほとんど憶えていないんだ。君を失ったかと思ったら我を忘れて……。アンに……、君に迷惑をかけるようなことをしていなければいいのだが」

目を伏せて、レナードはアンの手をぎゅっと握る。

脳裏には昨日馬車でされたいろいろなことが浮かんだが、それを口にするのは躊躇われた。

ひどいことといわれればその通りだが、縋るレナードを抱き返したのはアンの意思だ。だからレナードを責めることは何となく違う気もするし、何よりも不安げなレナードを更に追いつめるのは忍びない。

「私は大丈夫です。いろいろと驚きましたけど、怪我もありませんし」

「本当に？」

「むしろそれより、気になることがほかにあるのですが」

意外そうな顔をするレナードに、アンは先ほどフレンに聞いた『変態的な収集癖』のことを持ち出す。

「さっきフレンから、レナード様がうちの家財で何か危ないことをしていると聞いたのですが？」

とたんにレナードの顔から血の気が引き、目が泳ぐ。

「何も、やましいことはしていない」

していいるとしか言いようのない様子だが、ひとまず非難の言葉はぐっと呑み込む。

「ただその、君の家にあった家具を、こっそり引き取ってはいたが」

「引き取っている？」

「といっても俺だけじゃないぞ！　俺とその……」

そこで更に歯切れを悪くしてから、レナードは困り顔でなにやら手をにぎにぎしていた。

「隠し事はそろそろ無しにしてください。レナード様にはもうさんざん驚かされましたし、今更それで嫌ったりはしませんから」

「自分のことならば素直に言う。だがこれは、君の父に関することでもあるんだ」

予想外の言葉に、アンは思わず側にあったシーツをきつく握りしめる。

レナードがアンに隠していることで、なおかつ父のことといったら、話の内容は一つしかない。

「娘の君に話すべきかずっと悩んでいたのだが、そういう事態でもなくなりそうだしな……」

僅かに声を落とし、レナードがアンとの距離を少し詰める。

聞きたくないという思いが今更のように募《つの》ったが、聞かなければいけないのは、レナードの真剣な顔を見れば明らかだった。

（そろそろ、覚悟を決める時なのかもしれない）

「話して、いただけますか？」

意を決して促すと、レナードもまた決心した顔で口を開く。

「実は今、俺はある探し物を頼まれている」

「フレンからも聞きましたが、それと父にどんな関係が？」

「俺が探しているのは、ある人物が君の父上フィルに贈った絵画なんだ」

「絵画？」

「それも友愛……いやそれ以上の意味を込めて贈られたものだ」

まさかレナードのほかにも恋人がいたのかと息をのんで、ふと頭に浮かんだのは昨日会った女装の男性のことだ。

「もしかして舞踏会で会ったあの方が？」

「もしかして気づいていたのか？」

「父が…その……男性に好意を抱かれていたのは知っていましたので」

無意識に言葉を濁《にご》してしまったが、レナードにはそれで十分通じたらしい。

「そうか、知っていたのか」

「一度その、見たこともありましたし」

「見た、とは？」

「い、言えませんそんなこと……」

思わず顔を赤らめてしまうと、レナードは慌てて言葉を慎む。

「すまない、驚いただろう」

「はい。でももう過ぎたことですから」

本当はまだ悩みの種だったが、それはこの場では伏せておく。

「君の父上フィルはその、ああ見えて昔から異常に男に好かれるたちでな。もちろん君たちや君の母君のことは心から愛していたが、特に若い頃は相当……その……」

「濁さなくても察しはつきます。父は、とても美しい人でしたから」

軍にいたことが嘘のような細い体と美しい顔を持っていた父を、アンは時に誇らしく、時にうらやましく思ったものだ。

「フィルを慕う者の中には、実は大変高貴な方がいらっしゃってな。彼は元々軍学校で俺たちと机を並べた学友だったんだが、そいつがまずいものを絵に隠し、フィルに贈っていたことがわかったんだ」

「まずいもの、というと？」

「そいつはある重要な地図をその絵に隠しフィルに贈っていたんだ。そしてその絵が、今一部の貴族や海賊の間でちょっとばかり噂になって、困っている」

どんな地図だろうかと思っていると、察したレナードが困り顔で付け足した。

「表向きは『宝の地図』ということになっている」

「表向きはってことは、本当は別のものなんですか？」

「……実際は、王城の見とり図だ」

「お……」

声が大きくなりそうになり、アンは慌てて口を押さえる。

「それも、隠し通路や非常用の脱出路が書かれた門外不出の地図だ」

「それがどうして……」

「『会いたくなったら、これを見て城まで来い』という気持ちで贈ったと本人は言っていた」

高貴な人だとは聞いていたが、もしかしたら自分が思うよりずっと身分の高い人なのではとアンは思う。

「そんな軽い気持ちで、渡していいものじゃありませんよね」

「だから、俺のところに仕事が来たんだ。どうやら地図を持ち出したことがばれたらしく、それを手に入れようとする輩が『宝の地図』だと嘘をついて海賊たちに探させているらしい」

酒場で暴れていたのも地図を奪いに来た奴らだろうと言われ、あの乱闘の意味をアンはようやく理解する。

「つまり、彼らの手に渡る前に取り返すのが『お仕事』なんですね」

「察しがよくて助かる」

脱力しながら息を吐いて、レナードはもう一度アンの手を取り上げた。

「だがそれにしても……」

そこでふと、レナードは怪訝そうな顔で顎を撫でる。

「その絵がフィルのものだということはともかく、家財を奪ったのがエディだという情報は、まだ出回っていないと聞いていたんだが……」

「あの人たち、私たちより先に酒場に着いていましたね」

「いったいどこから情報が漏れたんだろう」

レナードの言葉に、アンは今まで誰かに、エディに家財を奪われた話をしただろうかと考える。

たしかに借金の相談は友人や使用人たちにしたが、どの家財が誰に奪われたかまでは伝えていないはずだ。

「絵の場所を知っているのは、エディだけだったんですか？」

「正確に言えばやつも知らないはずだ。あいつは君から家財を奪い取って売る、いわば中間業者で、売った後のことなんてきっと憶えちゃいない」

「でもレナード様は、彼に場所を聞くために私に同行したんですよね？」

「聞くと言うより見るためだな。金貸しは几帳面なやつが多いし、どの家財を誰に売ったかを記録していると思って」

「けど待ってください、そもそもレナード様がうちの家財を買っていたなら、聞き出す必要はないのでは？」

尋ねると、そこでまた、レナードの歯切れが悪くなる。

「買い取りを始めた頃は戦争の最中で、買い取った家財道具をどの屋敷に送ったかまでは把握していなかったんだ」

「ということは、ずいぶん前ですね」

「始めたのはたしか、君の家に借金があるとわかってすぐの頃だな。表向きの援助は断られたので、少しでも家計の足しになればと始めたんだ」

言われてみると、しつこい取り立て人がぴたっとこなくなったことが初めの頃は何回かあった。

また家財を売って金に換えようとした際、少し高すぎるような額で売れたこともある。

「ただそれくらいでは、君の生活をよくすることはできなかったようだが……」

「いえ、あの頃はずいぶん助かりました。兄さんの借金する回数がそれを上回っていなければ、十分借金を返せていたと思いますし」

「そこは俺たちも失念していたんだ。まさか彼があんな浪費家だとは思わず、一度隠れて融資をしただけで君の家を救った気になっていた」

でもそれでも、彼のしてくれたことは純粋に感謝している。

むしろそうとも知らず、施しはいらないと彼の行為を突っぱねてきた自分が恥ずかしい。

「いろいろと、本当にありがとうございます」

「礼はいらない。俺たちが好きにやっていたことだし」

むしろ、気持ち悪がられなくて良かったとレナードは笑った。

手にした家財でレナードが何をしているかを知ればそう思うかもしれないが、今は純粋に彼に感謝しておこうと、不安を振り払うためにレナードの笑顔から視線を外す。

その時、アンは枕元に置かれたあるものに気づき、はっとした。

「……どうしよう、私返しそびれちゃいました」

言うなりアンが目を向けたのは、エディに返すはずだった金貨の袋だ。

これがここにあるということは、金貨の一枚もエディに返済していないということである。

「きっとあの騒ぎで忘れている」

「そんなはずありません。お金のことは絶対忘れない男ですから、きっと後で文句を言われます」

更に金貨の量を増やされると思うと、アンの胃が僅かに痛む。

「どこか、具合が悪くなったのか？」

心配そうなまなざしでアンを見たレナードは、彼女の顔色をたしかめるように、その頬をそっと指で撫でる。

それがなんだかこそばゆくて、アンは慌てて言葉を紡いだ。

「またもう一度あそこに行くかと思うと、今から緊張で胃が……」

「アンでも、緊張するのか」

しみじみと言われ、アンは苦笑を返す。

「こう見えて、昨日もかなりしていましたよ」

「でも顔色一つ変えずに馬車に乗っていたからてっきり……」

「緊張や不安は、なるべく顔に出さないようにしているんです。弱さを見せれば、調子に乗る金貸しは多いので」

「俺が言うのも変だが、アンはほんとに苦労しているな」

「しすぎて、最近はそれが普通になっていますけど」

だからレナードにも気づかれなかったのだろうなと、アンは自覚無く表情を取り繕う頬を、軽くさする。

そうしているとふと、レナードがいつになく真剣な顔でアンの瞳を見つめてきた。

「可能ならそれを取り除いてやりたいのだが、まだ俺に頼るのは嫌か？」

久方ぶりに突きつけられた質問に、一瞬だけ、アンは言葉に迷う。

「嫌というより、ご迷惑をおかけするのが申し訳ないんです」

「迷惑だなんて思ったことはない。アンの力になれるなら、何でもしたい」

「そう言ってくださるからこそ、ちゃんと線引きをしたいんです。すでに、陰ながら支えていただいていたし、これ以上はもう……」

このままだときっと際限なく頼ってしまうから、それだけは嫌だとアンはレナードの申し出をやんわりと突っぱねる。

「際限なく頼って欲しいよ、俺は」

「それは私が嫌なんです。レナード様を疑うわけではありませんが、無償の施しに騙され続けてきた人生だったので、どうしても体が受け付けないんです」

何せ借金が発覚してから今に至るまで、アンは悪意と同時に多くの善意にも揉まれてきた。

本当に親切心で融資をしてくれる人もいたが、世の中には善良な人の皮をかぶった悪人も多い。優しそうな外見に騙されて金を借りたら高額な利子を取る金貸しだったり、父の友人だと名乗る貴族が現れたと思ったら、仕事の美術品を盗む泥棒だったりと、見せかけの善意に騙されたのは一度や二度ではない。

それに何より、善意の笑顔で人を騙す筆頭は兄だ。

家のために。仕事のために。アンのために。

笑顔で家族を思うようなことを言いながら、兄はその家族を平気で裏切るようなことを何度もしてきた。

「いろいろな人に騙されて……それもその筆頭が兄だったので、誰かに頼ったり身をゆだねるのに少し疲れてしまったんです」

情けなくこぼれた本音に、アンは自嘲の笑みを浮かべる。

本来ならば弱音だってこぼしたくはなかった。なぜなら弱音を吐けば、それを聞いた人は同情し、手をさしのべるからだ。

けれどその手を取る勇気も気力も、もうアンには残っていない。それがまた申し訳なくて、いつしか弱音をこぼすこともやめたのだ。

「ならばまずは、アンを元気にしないとな」

けれどレナードは、アンの決意を鈍らせることを平気で言う。

手を取らないなら、無理矢理こちらの手を摑み、引き寄せる、そんな人だ。

だからこそ、恐ろしい一面を見た後でもこうして身を寄せたくなってしまうのだろうなと、アンは思う。

「疲れているならまず休めばいい。そうして元気になったら、思う存分俺を頼ってくれ」

「それ、いつになるかわからないですよ」

「構わないよ。俺はずっと、アンと一緒にいるつもりだから」

そして何よりたちが悪いのは、この無垢な微笑みだ。

男らしく凛々しい顔を崩して笑う彼は子供のように屈託がなく、見ているこちらの虚勢を無自覚に崩していく。

それに悩まされながらも、一方ではその笑顔にほっとする自分もいるのが更にやっかいだ。

（やっぱり私、こうやって微笑んでくれるレナード様が好きだ）

レナードに感じた冷たく鋭い恐怖を、あっという間に溶かして忘れさせてしまうこの笑顔を、以前よりずっと愛おしいとアンは感じている。

「よし、なるべく早くこの仕事を終わらせよう。そしてまた、屋敷でのんびりしよう」

だからこそ、愛おしさが顔に出ないように、嬉しい申し出にも苦笑を返すほかないのだ。

＊　＊　＊

「さすが、船長不在の舵取りも問題ないな」

甲板で船員に指示を出すフレンにレナードが声をかけると、珍しくばつが悪そうな顔で副官は振り返る。

「これで、余計なことを喋らないでくれたらもっと良かったんだが」

「すみません、お嬢さんが怯えているかと思ったのでついいろいろと……」

と珍しく謝罪を挟まれ、レナードは僅かに目を見開いた。

それからフレンの言葉の意味を考え、レナードは破顔する。

「文句を言いたかったのは、『変態的な収集癖』の方だったんだがな」

「そっちですか？　俺はてっきり……」

「アレのことを告げなかったのは俺の弱さだ、お前を責めるつもりはない」

逆にレナードの方がばつが悪そうな顔になり、彼は風に揺れる帆を見上げる。

「告げなければとは思っていたのだが、引きこもっていれば二度とあの性質が表に出ることはないと甘いことを考えていた」

「たしかに最近は、落ち着いていましたね。それに今回も、いつもよりは平和でした」

「あれでか？」

記憶はほとんど無いものの、おぼろげにだが体には人を殺めた感触が残っている。

これを平和と言っていいものかと悩んでいると、察しのいい副官は励ますようにレナードの背を叩いた。

「気に病むことはありません。調べた限り、どいつもこいつもたちが悪いごろつきばかりでしたし」

「そういえばエディは無事だったのか？」

「おやっさんに手首とばされて泣いてましたが、生きてはいますね」

「やはり、無事ではなかったか」

「無自覚に脅してたみたいですよ。レナード様と奥様には二度と手出ししませんって、すげぇ泣いてましたし」

彼に何をしたか記憶はまったくないが、たしかにエディの姿を見てなにやらいらだちが募ったような気はする。

あの男が長いことアンを泣かせていたのかと思うと今でも腹が立つのだから、我を忘れた自分が何かしらの制裁を加えていても不思議はない。

「たぶんあの様子だと、お嬢さんの借金はちゃらですね」

「喜ばしいことだが、逆にアンに怒られそうだ」

借金は自分で返すと宣言していたアンを思い出し、情けなく眉を顰めていると、フレンがおかしそうに笑い出した。

「やっぱり、あのお嬢さんはすごいな」

「なんだ突然」

「いつもならまだ部屋の隅で膝を抱えてる頃なのに、今回は勢いよく飛び出してきたなと思って」

「そういう状況でもないからな。彼女のことが心配だったし、さっさと絵も回収しておかないと、また同じ轍を踏みそうだ」

「でも平気ですか？　これから行くところは、おやっさんにとって……」

「気分がいい場所ではないが、仕方ない」

仕方ないと繰り返してもう一度帆に目を向けた時、不意に風向きが変わった。

「懐かしい香りだ」

遠く南からの風に吹かれながら、レナードはぽつりとこぼす。

その声は逞しい容姿に似合わぬはかなげなもので、側のフレンは心配そうなまなざしを静かに向けた。

第六章

フレンが『泣き所』と称した場所に着いたのは、翌日の夕方のことだった。

もうすぐ着くという知らせを聞き昇降口から甲板にあがって、アンは遠くに見えてきた小さな島に目をこらす。

夕日に照らされたその島は、レナードの実家ケインズ侯爵家が所有する島の一つだ。

幼い頃、何度かレナードに招かれた場所である。

「懐かしいです」

すぐ近くで同じく島を見ていたレナードに近づき、アンは素直な感想を口にする。

けれどレナードは少し困ったような顔で、島を見つめるばかりだった。

「昔とは、ちょっとばかり装いが変わっているけどな」

呟きの意味がわかったのは、桟橋に船を停泊し、島に上陸した時だった。

アンがかつてこの島を訪れた時、港は賑わい、桟橋には活気が満ちていた。

しかし今は、停泊する船はもちろん、行き交う人影すらそこにはない。

桟橋も荒れ果て、その向こうの建物も、もう日が暮れるというのにどれ一つとして明かりがともっていないのだ。

「住人のほとんどは、出て行ってしまったんだ。親父たちがしたことは、アンの耳にも届いているだろう？」

レナードの言葉に、アンは頷くのを僅かに躊躇う。

レナードの実家ケインズ侯爵家は、元々はこの国一番の財力と権力を持つ一族だった。

末端ではあるが王家の血も引くケインズ家は、議会でも発言力が強く、同時に海外との貿易でも成功を収めていた。

だがその成功の陰にあったのは、パルマーナでは売買が禁止されている麻薬と武器の密売だ。

隣国や北方の大陸からそれらを取り寄せ、国内はもちろん戦争相手であった隣国にもそれらを売りつけていたと発覚したのは戦後のこと。

彼らが取引していたものの中にはパルマーナの内情や国家機密も含まれており、戦争を長引かせたのは、ケインズ家が売った情報と武器のせいだとされている。

だからこそ、そんな家族を躊躇いなく粛正したレナードはケインズ家の一員でありながら英雄と称されているのだ。

「悪事が露呈して以来、領民たちのほとんどは島を出て行った。ここにいればケインズ家に荷担したと後ろ指を指されかねないし、そもそもここに立ち寄る船はほとんど無くなったからな」

「でも、屋敷は残っているんですね」

「そっちも、かなり寂れているけどな」

廃墟と化した港町の向こう、少し小高くなった丘の上に、ケインズ家の本邸はある。

舞踏会のお屋敷よりも更に大きく豪華な邸宅はお城のようで、子供の頃のアンは目を輝かせたものだが、今はもう港町同様、見るかげもない。

手入れの行き届いていない屋敷の外壁は薄汚れ、庭に至っては伸びすぎた草木のせいで足を踏み入れるのを躊躇うほどの荒れ具合だ。

一瞬この屋敷も廃墟なのではとアンは思ったが、よく見ればさび付いた窓には、港には無かった小さな灯がともっている。

「一応まだ弟がここに住んでるんだ」

「そういえば、家督を譲ったと言っていましたね」

「領地も財産もかなり減ってはいるが、弟と使用人たちだけなら十分暮らしていけるからな。俺の方は稼げる体があるし、正直家を継ぐ気力もなかったから」

寒々しいほどの淡々とした声で告げて、レナードは屋敷の扉を叩く。

程なくして少し開いた扉の隙間からこちらを覗き込んできたのはアンと同じ年くらいの青年だった。

（レナード様に似てる）

思わずじっと見つめてしまってから、アンは慌てて我に返る。

一方青年の方も、どこかはっとした顔でアンを見つめていた。

「……おい」

そんな二人にどこか不満そうに眉根を寄せたのはもちろんレナードだ。

彼は突然アンの腰に腕を伸ばすと、まるで自分のものだと言いたげに彼女を抱き寄せる。

「最愛の兄が嫁を連れて戻ってきたのに、なんだその惚けた顔は」

「よ、嫁……？」

「よ、嫁!? まさか兄さんに……!?」

青年とアンの声が重なり、そこでもまたレナードは面白くなさそうな顔をする。

「とにかく中に入れてくれ」

「す、すみません」

慌てて青年が扉を開け、二人は屋敷の中へとはいる。

外観ほどではないが、やはり屋敷の中も以前とはがらりと雰囲気が変わっている。

常に磨き上げられていた床はくすみ、以前は置かれていた高価な調度品は一つも見あたらない。

その変わりように息を吞んでいると、青年が慌てた様子で口を開いた。

「ご挨拶が遅れてすいません。僕はハワード＝ケインズです」

名前を聞き、アンの中でようやく、彼に関する記憶が蘇った。

ずいぶん雰囲気は変わったが、昔、彼と一緒に遊んだこともある。

「お久しぶりですハワード様」

「えっと、前にどこかで……」

「アン＝クローデルです。幼い頃、こちらのお屋敷によくお邪魔していた」

ハワードは目を見開き、そこでなぜかレナードを見つめた。

「兄さん、まさかついに……」

「なんだその顔は」

「いやだって、ほら、その……」

なにやら口ごもってから、ハワードはもう一度アンとレナードを交互に見つめる。

「アンさんは、たしか僕の年と……」

「同じです。だから、昔は遊んでいただきましたよね」

懐かしさにアンの顔はほころぶが、ハワードの方はなぜだか笑みが引きつっている。

「そ、そういえばそうですね……」

どこか乾いた笑いを浮かべ、レナードをしきりに気にするハワードを怪訝に思いつつ、アンは立派に成長した彼の姿を今一度見つめた。

レナードと同じ黒い髪とエメラルド色の瞳を有しているが、二人の雰囲気は真逆だ。

長身で筋肉質なレナードと、小柄で女性的なシルエットと顔立ちのハワードが並ぶと、兄弟というより父と息子と称した方がしっくりくるくらいだ。

「アンは、ハワードみたいな細い男が好きなのか」

そんな時、側のレナードがなにやらぶつぶつと恨めしい声を出す。

「え、今なんて？」

「さっきから、やけにじっと見てる」

「すみません、レナード様と雰囲気が違うのでつい」

「俺も十八の時はこんなだったぞ」

張り合うかのようにハワードの側に並ぶレナードが少しおかしくて、アンは思わず吹き出した。

「そうだとしたらすごく成長なさったのですね。今のレナード様は岩のように逞しいのに」

「岩はさすがに言い過ぎだろう！」

レナードは不満げな顔だが、ハワードはアンの言葉に肩を震わせる。

兄の前なので必死にこらえているようだが、どうやら彼の笑いのつぼを刺激したようだ。

「レナード兄さんにこれだけ言いたい放題な人、初めて見ました」

「そうですか？　船員の皆さんにも、よくこけにされてるのを見ますけど」

「外ではそうなんですね。うちにいる時は割とまともだから、知らなかったです」

言いつつも『割と』とつくあたり、情けない一面をハワードも多少は知っているらしい。

「よかったら、外での兄さんの話を聞かせてください。僕にはなかなか教えてくれないので」

ハワードの提案にもちろんだとアンは頷いたが、当の本人は何か言いたげである。

しかし早速楽しげに口を開くアンを見て、レナードが口を挟めるはずもない。

「……なんだか、悔しい」

年甲斐もないレナードの拗ねた声は、若い二人には届いていないようだった。

＊　＊　＊

（『お似合い』というのは、まさしくこういう二人を言うんだろうな）

ケインズ邸の図書室でにこやかに談話するアンとハワードを見ながら、レナードはどこか落ち着かない様子で、ソファに腰掛けていた。

後からやってきたフレンも加わり、三人はレナードの情けない話で盛り上がっているが、そこにレナードが入れるわけもなく、形ばかりの反論をしながらわき起こるいらだちを、彼は手元のクッションにぶつけていた。

自分の話をにこやかに語っているアンは可愛いし新鮮だが、その笑顔がハワードの方にばかり向いているのがどうにも面白くない。

けれど一方で、レナードは二人の間に割って入ることがどうにもできなかった。

無理矢理二人の間に座ってアンに口づけをしようかと、もう三十四回ほど考えたが、そのたび思いとどまるのは、楽しげなハワードの笑顔があるからだ。

元々物静かだった末の弟は、両親を亡くして以来ずっとふさぎ込んでいた。

にもかかわらず、そのきっかけを作ったレナードを責めることもなく、この家に残った後始末を手伝ってくれた彼の姿はどこか痛々しくて、家督を彼に譲ったのも罪滅ぼしのつもりからだった。

だがそれで彼の心の傷が癒えるわけもなく、その後も折りを見て様子を見に来たが、今日ほどハワードが笑っていたことはない。

それを思うとどうしても、この穏やかな空気に水を差すことができなかったのだ。

表に出せぬいらだちを殺すため、レナードは側に置かれたクッション手に取り、それをぐっと握りしめる。

ぴりぴりと布が裂ける感触がしたが、クッションを手放したが最後、アンに手を出してしまいそうでならない。

(弟にまで嫉妬するなんて、俺は重傷だ……)

アンに対する気持ちは病気の域だとわかっていたが、彼女を得たことで収束しつつあると思っていた。けれどこうしていると、むしろ病気は悪化している気がして、レナードは愕然とする。

(もしも、万が一、絶対ないとは思うが、この二人が本気で好き合ったらどうしよう)

そんなことを考えたとたん、どす黒い感情がわき上がり、レナードは慌てて目をふさぐ。

「レナード様？」

挙動不審なレナードにさすがのアンも気づいたのか、彼女は彼の膝にそっと手を置く。

けれどレナードは、それをはねのけ立ち上がった。

「すまない。疲れたから、俺は先に休む」

苦しい言い訳だと思ったが、うまい言葉を残して部屋を出るほどの余裕が今はなかった。

逃げるように図書室を飛び出し、扉を閉めて、ようやく息を吐く。

しかし少しも楽にならず、むしろ鬱屈《うっくつ》とした気持ちは募るばかりだった。

（ああ、そうか……ここはそういう場所だった）

記憶の中より寂れ、程なく朽ちるであろう薄暗い屋敷の廊下を歩きながら、レナードは彼らしい笑顔を少しずつ消していく。

（やはりもう少し、心が落ち着いてから来るべきだったかもしれない……）

酒場でとらわれた暗い感情がふつふつとわき上がるのを必死に押し込めながら、レナードは頼りない足取りで、かつて自分が使っていた寝室へと向かった。

＊　＊　＊

屋敷こそ寂れているが、ケインズ家の料理人が作り出す晩餐は豪華で、華やかな見た目と味を有していた。

「お口に合えば良いのですが……」

どこか不安げにハワードは言うが、料理は彼が気に病む必要が無いほど美味で、アンは笑顔で美味しいと返す。

近海で捕れた魚介類をふんだんに使った料理は胃に優しく素朴な味で、レナードの屋敷で出された料理と似ていた。

たぶんレナードはこの味を食べて育ったのだろうと思うと、なんだか少し不思議な気分になる。

一方で、長いダイニングテーブルの向こう、本来ならハワードの隣に座るはずだった席が空いていることが、アンはずっと気になっていた。

(そういえば、レナード様と一緒じゃないご飯は久しぶりかも)

レナードの屋敷につれて行かれてすぐ、アンは『食事は一緒にとりたい』とお願いされた。

少々おっくうに感じながらも承諾して以来、どんなに忙しくても二人は一緒に食事をとるようになった。

その約束は屋敷の中に限ったものではなく、船の上でも、舞踏会の席の晩餐でも、レナードは当たり前の顔でアンの横に並び、片時も彼女から視線を逸らさないという有様である。

食べている様子をじっと見られるのは落ち着かなかったが、それが一月も続けばさすがに慣れてくる。

むしろ慣れすぎて、彼の視線がないことに落ち着かなくなってしまったくらいだ。

「……やはり、気になりますか？」

アンの食が進んでいないことに気づいたのか、ハワードがそっと声をかけてくる。

まっすぐに向けられた視線はアンの心を見透かしているようで、彼女は躊躇いながらも小さく頷いた。

「少し、様子がおかしいようだったので」

挙動不審なのはいつもだが、輪をかけておかしかったからと付け足せば、ハワードはなぜだか少し、つらそうに視線を下げた。

「兄はこの家と相性が悪いんです」

不思議な言い回しを怪訝に思っていると、ハワードもまた食事の手を止める。

「兄は、ケインズ家と自分のことをアンさんにお話ししましたか？」

ハワードの言葉に、アンは首を横に振った。

「詳しいことは何も……。私も、あまり聞いたことがありませんでしたし」

「ならば僕の口から詳細を語るのは控えますが、端的に言えばここは兄にとって苦い記憶ばかりが残る場所なんです」

ハワードの言葉に、アンはどこか浮かない顔をしていたレナードを思い出す。

「僕の力が及ばぬせいで兄さんをこの屋敷に……ケインズ家に縛り付けてしまっているけれど、本当は足を踏み入れるのも辛いはずなんです」

だから、と一度言葉を濁してから、ハワードは後ろで控えていた執事になにやら言いつける。

「兄さんの様子を見てきてはくれませんか？　たぶんあなたが側にいれば、落ち着くはずだから」

「でも私で、いいんでしょうか……」

むしろ事情を知るハワードが側にいた方がいいのではと思ったが、彼は静かに首を横に振った。

「僕の記憶の中で、レナード兄さんが笑っているのはあなたが側にいた時だけでした。覚えていらっしゃらないかもしれませんが、僕とアンさんが一緒に遊んでるのを見て、あの人、年甲斐もなく妬いていたんですよ」

笑みをこぼしながら告げるハワードに、アンは少し驚く。

「でもあのころの私たちはたしか四つくらいで……」

「兄さんは二十歳を超えていましたね。それなのに、あなたが帰った後手を握り過ぎだと叱られました」

そんなことが本当にあったのだろうかとアンは信じ切れないが、思い出を語るハワードの表情はどこか楽しげで、嘘をついているようには見えない。

「この家にいる時、兄さんはまるで感情のない人形のようでした。でもあなたが来た時だけは、情けなくて、大人げなくて、底抜けに明るい僕の大好きな兄さんに戻るんです」

だからとハワードは席を立ち、アンを扉の前までエスコートする。

「もう一度お願いします。今夜は兄の側にいてあげてください。きっと今頃、部屋で鬱々とした気持ちを抱えているはずだから」

ハワードは縋るようにアンと手を重ね、扉の外へと導く。

向けられた視線は愁いに満ちていて、なんだか見ているこちらが辛くなるほどだ。

ハワードの話を聞いてもなお、自分がレナードに何かしてあげられるとは思えなかったが、彼が暗い気持ちでいるなら手をさしのべたいという気持ちはある。

「わかりました、少し様子を見てきます」

「ありがとう」

ほっと息を吐くハワードからそっと手を引き抜き、アンは使用人と共に暗い廊下を進みレナードの寝室へと向かった。

夕暮れ時からすでに薄暗かった屋敷は、日が落ちると更に闇が増し、中でもレナードの寝室前は明かりの数も少なく気が滅入るほどだ。

少々不気味だと思ったが、どうやらそう思っていたのは彼女だけではないらしい。

「自分はここで」

年老いた使用人は、案内を終えるなり燭台《しょくだい》を置いてさっさと立ち去ってしまった。

その足取りはどこか逃げるようで、アンは不安を覚えつつ燭台を手に扉を叩く。

しかし返事はなく、それから更に三度ほど扉を叩いたが、やはり返事はなかった。

寝ているのかもしれないと思う一方、それならそれで様子だけでも見ようと、アンはそっと扉に手をかける。

あっけないほど簡単に扉は開き、アンの手の持つ燭台が、レナードの寝室をやわらかく照らした。

「レナード様？」

名を呼びながら、アンは寝室へと一歩を踏み出す。

燭台の明かりを頼りに寝室を見回して、アンはようやくレナードを見つけた。

「レナード様」

呼びかけると、窓辺に立っていたレナードの肩が、僅かに震える。

「夕食を、とっていたのではないのか？」

いつになく静かな声音に違和感を抱きながら、アンは寝台の側のテーブルに燭台を置き、レナードの方へと近づいた。

「約束を、思い出したので」

「約束？」

「食事は、あなたと一緒にとると」

告げながらレナードの袖を引くと、そこでようやくレナードはアンを見下ろした。

背中を見た時は泣いているように思えたが、向けられた顔にはあまり表情が無く、いつもの情けない泣き顔は欠片も見えなかった。

「あまり可愛いことを言うと、また襲ってしまいたくなるな」

それは困ると反射的に言おうとして、アンは僅かに息をのんだ。

少しだけレナードの顔に笑みは戻ったものの、それはひどく苦しげなものだったからだ。

その顔に酒場での彼を思い出し、不安になる。

「冗談だ。でも少しだけ、触れても構わないか？」

「いつもは、許可など取らないじゃないですか」

「嫌だと言われるのがわかっているからな。でも今は、頷いてくれる気がしたから」

構わないかと繰り返され、アンは躊躇いながらもレナードの望み通り首を縦に振る。

するとこらえきれないとでも言うように、レナードはアンを抱き寄せ彼女の髪に顔を埋めた。やはりいつもと様子が違うと、どこか頼りない腕にアンは思う。

「安心する」

ふとこぼれた言葉はいつになく弱々しくて、アンはそっとレナードの背に手を回す。

すると彼の体が微かに震え、アンを抱き寄せる腕が僅かに強くなった。

(たしかにこの場所は、レナード様の泣き所かもしれない)

情けない姿や弱々しい姿は何度も見たが、こんなにも辛そうなレナードの姿は初めてで、アンはどうすればいいかわからなくなる。

「アン」

不意に名を呼ばれ顔を上げると、レナードが太い指でアンの頬や顎を撫でる。

アンがそこにいることを確認するような動きに、アンはそっと自分の指を重ねた。

「大丈夫ですよ、ちゃんとここにいますから」

「でもいつもは、逃げようとするじゃないか」

「それは、レナード様がいろいろ性急すぎるからです」

「なら、急がなければ構わないか？」

何をと問うより早く、レナードはアンを抱き寄せたまま寝台に腰を下ろす。

結果的にアンも彼の隣に座る形になり、彼女はレナードの望みを察する。

とたんに腰の奥が僅かに疼き、淫らな変化に頬がかっと熱くなった。

レナードと酔った勢いで体を重ねて以来、アンの体は時折いやらしい反応をする。

恥ずかしくてたまらないし、逃げ出したいとアンは思う。

けれどそれ以上にレナードのことが心配で、躊躇いながらも、彼の側にいることをアンは優先した。

「アンが欲しい」

甘い声音で告げ、レナードがアンの耳を優しく噛む。

「部屋が暗いのが残念だな。アンの照れた顔は可愛いのに」

レナードの指に促されるまま、アンはレナードの方へと顔を向ける。

燭台の光に照らされたレナードはいつになく甘く、そして切なげで、目を逸らしたいのにできない。

「頼む。今夜はどうしても、君に溺れたい」

再びの懇願に、アンは唇を引き結ぶ。

ハイと、素直に答えるにはやはりまだ抵抗がある。

触れられればきっと、自分の方がレナードに溺れてしまう。体を重ねるたびに強まる熱はもう無視できないほど高まっていて、引き返すとしたらたぶんもう今しかない。

「アン」

だがレナードのまなざしを見ていると、どうしてもその手を振り払えないのだ。

レナードが本当に求めているのはアンの父だとわかっていても、アンの姿を通して彼が父を見ていると知った今でも、アンの体は、心は、レナードを求めてしまう。

（もう、いいか……）

父に愛を囁くレナードを見たあの日から、アンはすでにもう失恋している。

ならばもう、それを恐れる必要もないかもしれない。

（父さんの代わりでももういい。この人が、私を必要としてくれるなら……）

背を伸ばし、アンはレナードの唇を優しくついばむ。

彼女からの口づけを予想していなかったレナードは慌てたようだが、すぐに二人はお互い舌を絡ませ合う。

「ならばもう逃がしはしない。君は俺のものだ」

珍しく焦った様子で口づけを深めた後、レナードはアンの体からドレスを引き抜き、下着を乱暴にはぎ取る。

そのままアンをうつぶせに寝かせ、その腰を掴んで少し持ち上げた。

いつもより急速な展開にアンは少し動揺し、体勢を変えようとしたが、レナードは許さなかった。

「腕も伸ばして、もっと腰を高くあげるんだ」

獣の様な格好を強要され、アンは躊躇い、身動きがとれなくなる。

そんなアンに覆い被さるような格好で、レナードは唇を耳に近づけた。

「俺に愛撫で震える姿を、よく見せてくれ」

レナードの声は穏やかだったが、それが有無を言わせぬ命令であることはすぐにわかった。

(今の格好でも十分恥ずかしいのに……！)

嫌々をするように頭を振るが、もちろんレナードは許さない。

太い腕をアンの胸とシーツの間に器用に差し入れ、レナードは立ち上がっていたアンの乳首を強くつまむ。

「はぅ、んんぁ……」

強い刺激は痛みを伴い、アンは思わず背を反らす。

その一瞬の隙に、レナードはアンの上半身を無理矢理引き起こした。

痛みをこらえる方法を探そうと、手がシーツの海をさまよい、ようやく見つけた小さな波を摑んで握りしめる。

痛みを堪えるための動きによってレナードの望む格好になってしまったアンは、彼が満足げに微笑むのを感じ取り、恥ずかしさに体を震わせる。獣を思わせる体位は、今までのどんな姿よりも淫らな格好に思えたのだ。

むしろ体だけでなく、心をも淫らに染められている気がしているうちに、痛みになれてきた乳首はしびれ、その硬さを増していく。

それを指で感じたらしいレナードは、揺れるアンの胸を手で覆った。

「あ……」

レナードに包み込まれただけなのに、アンの口からは熱い吐息がこぼれ、しびれるような快感が胸全体へと広がっていく。

「アンは胸が好きなのか」

蕩けた声に気づいたのか、レナードは両方の胸を交互に揉みながら、アンの中の熱が高まるのを眺めている。

彼女の反応を楽しむように、時に強く、時に優しく胸をしごきあげたレナードだったが、しばらくすると突然、それまで執拗に嬲っていたアンの胸から手を離した。

「…んっ、どう……して……」

愛撫の終わりは唐突で、物足りない気持ちが腰を震わせる。

そのままねだるように背後を振り向き、潤んだ瞳をレナードへと向けると、彼は下着を取り払ったところだった。

「本当はもう少しいじってやりたいが、今日は我慢できそうもない」

温もりが消えた胸は切なさに揺れたが、レナードの中心にそそり立つ肉棒を見た瞬間、切なさは期待へと変わる。

「まだ挿れていないのに、もうこぼれている」

指摘され、アンは慌てて秘部を指で押さえるが、くちゅくちゅといやらしい音を立てるばかりで、こぼれ落ちる蜜をせき止めることはできない。

「まるで誘っているようだな」

「誘って……なんか……」

「でもそのいやらしい音は、早く挿れてくれと言っているように聞こえる」

レナードはアンの手をシーツの上に戻し、突き上げられた腰を摑む。

あまりの恥ずかしさにアンは一度腰を落としてしまうが、それをレナードが許すはずもなかった。

「もっと腰を突き上げるんだ。いやらしいところが、よく見えるように」

「でも……はずか、しくて……」

「だがこのままだと、挿れてやれないぞ?」

どこか意地悪な声に腰が震え、一度下ろした腰をゆっくりと上げる。

レナードの楔を待ち望む体は彼の言葉に従順だ。心は恥ずかしさに震えているのに、体は一秒でも早く彼を受け入れようと、腰を突き出してしまう。

「いい子だ」

レナードを待ち望む秘部に、レナードが肉棒の先端をあてがう。

「んんっ」

触れただけなのに、重なった部分から溢れる熱は、自分がわからなくなるほど心地いい。

今でさえアンを溶かしてしまいそうなのに、これ以上深く繋がったらどうなってしまうのかと、アンはレナードの肉棒が蜜を掻き混ぜる音を聞きながらぼんやりと思った。

「挿れるぞ」

秘部の入り口を擦りあげていたレナードの肉棒は、その言葉と共にアンの蕾をこじ開ける。

すでに濡れきったそこは容易くレナードを受け入れたが、快楽に慣れないアンの心は彼の進入に僅かな恐怖を覚える。

しかしそれも僅かなこと。

レナードがアンの中を擦りあげるたび、彼女の意識は快楽がもたらす熱に蕩け、恐怖は言いしれぬ切なさに変わる。

「はぁ……ンっ、ああ……！」

「まだ数えるほどしかしてないのに、ずいぶん気持ちよさそうな声だ」

「ち……ぅの」

「それは、まだ物足りないということかな？」

アンの言葉に、レナードはより深く腰を打ちつける。

「あっ……！」

後ろからの挿入は今までよりずっと深い場所に熱をもたらし、アンは熱い快楽の波に意識をさらわれた。

「ここが気持ちいいのか」

果てるような声に気をよくしたのか、抽送を繰り返しながら、アンの一番深いところを責め立てる。

レナードの先端が擦る場所は爆ぜるような刺激をもたらし、溢れ出す蜜の量は刻一刻と増えていく。

滑りがよくなればそれだけ奥に到達する回数も増え、アンの嬌声はだんだんと大きくなり始めた。

(このままだと、ハワード様のところまで声が届いてしまうかもしれない)

広い邸宅だが、乱れた声は思いの外大きくて、不安になる。

「……ぅく」

歯を食いしばり、声が漏れないよう右手で口を押さえる。

「押さえるな、もっと、声が聞きたい」

「……きこ……えちゃう……」

「ハワードの部屋は屋敷の反対だから問題ない」

「でも……おっきぃ声…でて……」

「たとえ屋敷中に響いても問題ない。アンは俺のものだと皆わかっているはずだ」

口を覆う手を摑み、レナードはシーツの海へと無理矢理戻す。

それから彼はアンの口に指を入れ、閉じていた歯を無理矢理こじ開けた。

口に含むと、レナードの指は思っていた以上に太い。それが舌を撫で上げ、歯を擦ると、口の中まで犯されている気分になる。

「美味そうに舐めるな。これはこれでなかなか良い気分だ」

下腹部の結合を僅かに緩め、代わりに口に入れる指を二本へと増やす。

秘部の突き上げが緩くなり、寂しさを感じていたアンは、無意識に彼の指への執着を強める。

「ん、ふぁ……あぅ」

太い指を吸い上げ、夢中で舐めるアンの姿はひどく官能的で、レナードの男根が大きく脈打つ。

「もう、声を我慢してはだめだ。良いね」

アンが頷くのを確認してから、レナードは指を引き抜き、先ほどより更に力を増した男根を蜜に濡れた花弁にあてがう。

「ふぁあ、あ、んぅ」

そのまま勢いよく挿入されると、今までで一番大きな嬌声がアンの口からこぼれる。

同時にレナードをきゅっと締め付ける。

「……ん、くっ」

レナードの熱い吐息がアンの背中を撫でた。

覆い被さってきたレナードの体は燃えるように熱く、肌が重なる場所からじんわりと汗がしみ出していく。

岩のような体に押しつぶされ、アンは倒れ込むように突っ伏したが、二人の結合は未だ続いていた。

「アン……」

先ほどまでは少し遠くにあった声が耳にかかり、アンの子宮をぞくりと刺激する。

同時に一番奥を突き上げられ、アンの視界を覆っていた闇が突然取り払われた。

「あぁぁあ、ッんん！」

目の前が白く爆ぜ、体と汗が擦り合わされるいやらしい音だけが、何も見えない世界に響く。

「溶け……ちゃ……」

「溶ければいい。溶けて、俺と一つになればいい」

これ以上ないと思っていた、その更に上をいく激しい快楽。その波に揉まれながら、レナードの楔が、何度も何度も子宮を抉る。

「受け止めて、くれ……」

降りてくる声はいつになく切なげで、それを聞いたアンは心を震わせ、無意識にレナードを締め上げる。

「んっ、あ……んん!!」

限界まで溜まっていた下腹部の熱が、アンの膣によって押し出され、二人は同時に快楽の波の中で果てた。

熱に焼けた体と心を重ねながら、アンはそっと微笑む。

少なくとも今、レナードと繋がっているのは父ではなく自分だ。

そう思うとどうしようもなく幸せで、アンは笑みを湛えたまま、その瞳から涙をこぼした。

＊＊＊

遠く、風がうなっている。

目を開けるでもなく嵐を予感したレナードは、側にある温もりをたぐり寄せながら小さく息を吐いた。

「おはようございます」

そんな時、少し照れたような、可愛らしい声と吐息がレナードの胸をくすぐった。

それに驚いて目を開ければ、レナードの腕の中で、こちらを見上げるアンと目が合った。

「アン、もう一度したい」

思わずこぼれた言葉に、アンが顔を真っ赤にし、レナードの硬い胸をぽかりと叩く。

「昨日の夜、さんざんしたじゃありませんか」

「だがその上目遣いを見ているとまたしたくなった」

「さすがに、腰がもちません」

恥ずかしそうにうめくアンはたしかに少しやつれていて、レナードは渋々髪に口づけを落とすだけに留める。

そうしているとアンが僅かに身じろぎ、もう一度レナードの顔をじっと見つめた。

「アンも、したくなったのか？」

「い、いえ……そうじゃなくて！」

焦った声に少しがっかりしていると、アンの指がそっとレナードの頬を撫でる。

「いつもの顔に戻って、ほっとしたというか……」

「いつもの顔？」

「昨日のレナード様は、少しご様子がおかしかったので」

指摘され、今更のように年甲斐もなく弟に妬いたことを思い出した。

それを認めるのは恥ずかしかったが、こちらをじっと見つめるアンは理由を聞きたそうにしていて、レナードは渋々口を開く。

「嫉妬していた」

「嫉妬？」

「ハワードにだ。あいつと並ぶアンは、なんだかいつもより輝いて見えて、妬いた」

言葉にすると余計に惨めさが増したが、アンは彼の言葉を馬鹿にすることも、呆れることもなかった。

「それだけなら、よかったです」

「よくない……」

全然よくないと繰り返して、レナードはアンをぎゅっと抱きしめる。

「俺は心底つらかったんだぞ？　二人は見た目もお似合いだし、若いし、なんだか楽しそうだし、若いし、間に入れなくてすごく辛かったんだ」

「レナード様、一応自分が年上の自覚があったんですね」

「自覚せざるを得なくしたのはアンだろう。再会してすぐ、人をおじさん呼ばわりしたのはどこの誰だ」

あれには深く傷ついたのだと拗ねた声を出せば、アンは慌ててごめんなさいと謝り、それからまたレナードの胸に、そっと頬を寄せる。

それだけでレナードの胸は高鳴り、だらしなく顔が緩む。

裸のアンの隣で目覚めたのは二回目だが、最初の時よりアンはずっと可愛くて、愛おしい。

触れ合いを拒絶されないことがこんなにも幸せなのかと、天にも昇る気持ちで鼻の下を伸ばしてから、そこでふと、レナードは今更のようにアンの向こうに広がる、寂れた自分の寝室に目を留めた。

「レナード様？」

視線が逸れたことを感じたのか、アンが腕の中で寝返りを打ち、レナードの視線を追う。

「何を、見ていらっしゃるんですか？」

尋ねられ、レナードは少し悩んだ後、寝室の隅にある衣装簞笥《だんす》を指さした。

「あれだ」

「簞笥ですか？」

「俺はあれが嫌いだった」

「簞笥が？」

「ああ、あの簞笥は……」

そこで言葉を切り、レナードはその後を続けていいか悩む。

打ち明けそうになった話は、二人で迎えた幸せな朝にはあまりに不釣り合いなもので、下手をすればアンに嫌われかねない内容だったからだ。

「別に、今更何を聞いてもレナード様を嫌いになったりはしませんよ？」

先ほどより強く指を絡められ、目を見開く。

レナードと同じ方向を向いてしまったため、アンの表情は見て取れない。けれど絡められた指に手の甲を撫でられると、不思議と気分が落ち着き、話してしまいたいという欲求が高まった。

どうやらレナードは、アンの前では身も心も裸になってしまうらしい。

「ではこれから何を聞いても、部屋を飛び出していかないと約束できるか？」

「大丈夫です。それに、もう逃がさないと言ったのはレナード様でしょう？」

逆に尋ねられ、レナードは気づく。

（彼女の、この物怖じしないところに、自分はずいぶんと助けられているらしい）

こんなにも幸せな朝を迎えられたのも、心を蝕んでいた暗い気持ちごと、アンが自分を受け入れてくれたからだと気づき、レナードはアンへの愛おしさを募らせる。

そして同時に、今まで誰にも見せていなかった自分の汚い部分をさらけ出し、昨晩のようにまた受け入れて欲しいとレナードは強く思った。

「幼い頃、あの箪笥の中には服とは別に、ある物が入っていたんだ」

一度口を開くと、意外なほどあっけなく、言葉は滑り出した。

「ある物？」

「手枷《かせ》と口枷……それに細い鞭《むち》が、あの中には入っていた」

さすがに予想外だったのか、アンが驚いた顔でレナードの方を窺う。

「ケインズ家では、痛みによって、子供に物事を教え込むんだ。侯爵家らしい振る舞いはもちろん、自身の家が行っている悪事を悪事と思い込まないよう、体も心も躾《しつ》けられる」

「ひどい……」

「だがそれが普通だった。家にふさわしくない意志や考えを捨てるまで鞭を打たれ、肉が裂ける痛みに耐えながら、枷に繋がれたままあの簞笥に何日も入れられる」

思い出すだけで手首や背中が痛むほど、幼い頃の傷みと恐怖はレナードの心に色濃く残っている。

「この家では人並みの感情や道徳心を持ってはならなかった。子供だからといってはしゃいだりすることも許されず、ただ父の命に従う人形になることがこの家では大人になるということだった」

「でも今のレナード様は、人形とは違います」

「それは君の父たちのおかげだ。彼らが、俺をこの家と歪んだ思想から救ってくれた」

十六になり、若い貴族の義務として入った軍学校で、レナードはアンの父と出会った。

汚れのない、まっすぐな心と正義感を持つ彼と寮で同室になったことが、今思えば人生の転機だった。

「笑ってしまうほどまっすぐだった君の父が、俺の歪んだ性根を見抜き、正してくれたんだ」

だから学校を出たレナードは、家に戻るのではなくそのまま軍に入隊した。

もちろん父は烈火のごとく怒り、レナードは家を出た。結果として、それは苦しい日々の始まりでもあったけれど。

「正しさを知ってしまった俺は、家にとっては脅威以外の何ものでもない。あんな家族でも情があったから悪事を密告できなかったが、親父たちはいつか俺が家のことを公表すると思ったんだろうな……。殺されかけたことも、一度や二度ではなかったよ」

驚くアンの手を取り、レナードは自分の右胸にある傷の上にその細い指を置く。

「何度も刺客を送られ、そのたびに何とか生き延びた。ある意味では、その後の戦争で生き残れたのはあの時の経験のおかげかもな」

今はもう痛まない傷を、アンは優しく、いたわるように撫でる。

それに不思議な心地好さを感じながら、レナードは話を続けた。

「でも一つ困ったのは、殺しに来る相手に女が多かったことだ。おかげで女性の笑顔には常に裏がある気がして、今も近くに来るとぞっとする」

「たしかに、尋常じゃなく女性がお嫌いですよね」

アンは別だけどと付け加えながら頬を寄せれば、彼女は珍しく、レナードのしたいようにさせてくれた。

「家にいるレナード様はいつも明るかったから、そんな目に遭っていたなんて知りませんでした」

「アンと遊んでいた頃は、襲撃も一段落していたしな。実は一度、家族との仲が修復した期間があるんだ」

レナードが軍での階級をあげた頃、彼の父親は急に手のひらを返し、今までのことを詫びてきたのだ。

もちろんすぐには信じられなかったが、軍で正しく生きるレナードを見て考えを改めたのだと何度も語る父の姿に、最後はレナードが折れた。

調べてみるとたしかにそれまでの悪行から手を引き、父親はもちろん兄弟たちもまっとうな商いをしているように見えたのだ。

特に生まれたばかりの末の弟は、明るく自由に育てられていて、それを見てようやく、レナードは父の言葉を信じる気になった。

「だが結局、幸せに見えたのは見せかけだった。いい家族を演じ、まっとうになったと思い込ませたのも、自分たちの商売を俺に悟らせないようにするためだったんだ」

ようやくすべてが嘘だとわかったのは、戦争が終わったすぐのこと。

「戦争が終わって実家に帰り、俺はこの部屋で眠っていた。その時、父が入ってきたんだ。……一杯やろうと誘われて、それを受けて、葡萄酒を一口飲んだところで、酒が毒入りだと気づいた」

気づいた時にはすでに遅く、レナードの体はしびれ、動けなくなっていた。

そんなレナードを引きずり、彼の父は簞笥の中から取り出した手枷をつけた。

「俺が戦争を終わらせたせいで商売が破談になったと罵られ、最後はナイフで何度も刺されたよ。後々知ったことだが、俺が戦争の英雄となったことでケインズ家は商売相手との関係を相当こじらせたらしい」

淡々とレナードは告げたが、さすがのアンも彼の壮絶な過去に驚いたのだろう。

今なお傷が残るレナードの腹部へ指を走らせながら、彼女は唇を震わせている。

「この傷は、全部戦争で付いたものかと」

「それもあるが、ほとんどはこの家の者につけられた傷だ。正直、生きているのが時々不思議になる」

軍で鍛えていたせいか、それとも家に抗いたいという気持ちが奮い立たせたのか、レナードは瀕死の重傷を負いながらも生き延びた。

あの夜のことはよく覚えていないが、おぼろげに記憶しているのは、自分に銃や剣を向ける家族の姿だ。

父はもちろん弟たちや母にまで罵られ、傷つけられ、そして襲い来る家族を手にかけた感触。

それがレナードの中に残る、あの晩の記憶のすべてだ。

「次に目が覚めたのは三週間も後のことだ。異変に気づいたハワードが血だらけの俺を見つけ医者を呼んでくれたらしい」

「ハワードさんは、ケインズ家のことを知っていたんですか？」

「親父は、ハワードにだけには何も教えず、躾もしなかったんだ。改心したと俺を騙しためにな」

ハワードがケインズ家に染まらず、生きていてくれたことはレナードにとって唯一の救いだった。

けれど時々、ハワードにとってそれは辛いことなのではと思う時もある。

「何も知らないせいで、ハワードはケインズ家のことを受け入れられていない。この家を出ようと言うたびかたくなに拒まれるし、なかなか俺を頼ってくれない」

そこでレナードは、それまで淡々と過去を語っていた声を震わせ、アンに縋る。

「それにたぶん、あいつは俺を憎んでる。あいつにとって俺は、大切な家族を殺した相手だから」

そんな彼の頭を、アンが抱き寄せたのはその時だった。

「大丈夫ですよ。レナード様は、絶対嫌われていません」

子供にするよう頭を撫でられて、レナードは無意識にアンの胸に顔を押しつける。

「本当に、そうだったらいいのに」

「嘘や慰めで言っているんじゃありません。だって昨日、レナード様のところに行くよう言ったのはハワード様なんです」

「ハワードが？」

アンが頷く気配がして、レナードは僅かに目を見開く。

「きっと辛い思いをしているだろうから、レナード様についていて欲しいと言われたんです。もし本当に嫌いなら、絶対そんなこと言いません」

「けれど、あいつは……」

「何か、嫌われている根拠がおありなんですか？」

逆に尋ねられ、レナードは今まで押し込めていた拗ねた気持ちを吐き出す。

「昔はいろいろと甘えてくれたのに、最近はまったく頼ってくれなくなったんだ」

家を建て直すとハワードが言い出した時も、彼はなるべく一人でやるからとレナードの手伝いや援助の多くを断った。

「それから時折様子を見に来ても、どこかぎくしゃくした会話しかできなくなった。それに……」

一瞬言葉を迷い、それからレナードは震える声でこぼす。

「俺がおかしくなったのは、家族を殺したあの晩なんだ。そしてそれを、たぶんハワードは目の前で見ている」

兆候はもっとずっと前からあったけれど、はっきりと自分を失ったのはあの晩だ。

命を狙われ、それを退けるたび、少しずつ自分の中で心がすり減りっているのは感じていた。そしてそのたびにこの家で教え込まれた非情な考えや残虐性《ざんぎゃく》が顔を出すことも……。

それにとらわれたくなくて、普段は明るい自分を心がけ、何とか押さえ込もうとしていた最後の楔が、砕けたのがあの晩だ。

「ハワードは俺を恐れている。だからきっと本当は俺の側にいたくないんだ」

　必要以上にレナードを頼らず、距離を置こうとするのもそれが理由なら納得できる。

「恐れていない、とは残念ながら言い切れません。たしかにレナード様には、普通でない面がおありですから」

　でも……と、そこでアンは口調を僅かに強める。

「やはり嫌っているとは思えません。距離を置こうとしていることが、その証だと私は思います」

「証？」

　アンはそこでレナードを撫でていた手を、ぎこちなく止める。

「好きな相手だからこそ、頼れない時があると思います」

「本当に、そう思うか？」

「何も知らされず、なおかつ大好きな兄が苦しんでいるのを見たら、誰だって気に病むはずです。だからこそ、これ以上の苦労をかけないようにと、ハワード様は一人で努力していたのだと私は思います」

　アンに断言されるとその通りな気がして、レナードはほっと息をつく。

　自分にとって都合が良い考えだからかもしれないが、アンの言葉には不思議と説得力があった。

　その理由は何なのだろうかと考えてふと、レナードは彼女の言葉を思い出し、はっとした。

『好きな相手だからこそ』

同時に、頭に浮かんだのは、アンと再会した時のこと。

つれない言葉をいくつも重ねられ、拒絶され、それでも摑もうとしたレナードの手を必死にふりほどこうとしていたアン。

それが、好きだからこその態度だとしたら――。

「アン」

「何ですか、急に真面目な顔になって」

「アンも、そうだったのか？」

尋ねたとたん、アンの体が突然レナードから離れる。

だがもちろん、そこで逃がすレナードではなかった。

「アンも、好きだからこそ俺に頼りたくないと思ったのか？」

逃げようとするアンを抱き寄せ、うつむくその顔を無理矢理上へと向かせる。

「ち、違います」

「その赤い顔は図星だ」

「ち、ちが……」

「違わない」

違うと繰り返しながら、アンは腕を突っ張りレナードを押しのけようとする。

ムキになっている姿は図星をさされたからとしか思えず、落ち込んでいた気分が急に浮上する。

「あまり嘘ばかりつくと、無理矢理言わせたくなる」

答えが聞きたいと迫れば、アンは悔しそうに視線を下げる。

それでも食い下がらずにしばらく見つめていると、ようやくアンはこちらを見上げ、唇をそっと動かした。

「兄さん!!」

けれどそこで聞こえてきたのはアンの声ではなく、ハワードの声だった。

続いて乱暴に扉が叩かれ、アンは慌ててシーツの隙間に潜り込んでしまう。

「いいところだったのに……」

ぶつぶつと恨みを呟きながら、レナードはベッドを抜け出し、いらだち任せに扉を開ける。

扉の向こうでなにやら慌てていたハワードだが、レナードを見るなり固まった。

そこでレナードは今更のように下着すら身につけていないことを思い出したが、まあ良いかと開き直る。

「屋敷の主なら、伝令は使用人に任せることを覚えなさい」

「……その通りなんだけど、その姿で説教されたくない」

それはもっともだと思ったが、服を取りに戻るのも面倒なのでレナードは全裸のまま腕を組む。

「それで、いったい何の用だ？」

「実はちょっと変わったお客さんが来てるんだ。それも、アンさんに」

「アンに？」

「僕の記憶が正しいなら、たぶんその、彼女のお兄さんだと思う人が」

ハワードの言葉に、何よりもまず浮かんだのは怒りだった。

「ちょっと殴ってくる」

「待って!!　気持ちはわかるけど、せめて服を着てよ兄さん!!」

ハワードの懇願に渋々歩みを止め、レナードは服を取りに行こうと部屋に引き返す。

「兄はどこですか！」

そんなレナードと入れ違いに部屋を飛び出してきたのはアンで、その勢いにレナードもハワードも思わず仰け反った。

「い、今は応接間に……」

「ありがとう」

髪も結わず、ドレスを纏っただけの姿で飛び出したアンの勢いには、さすがのレナードも唖然とする。

慌てて追いかけようとしたが、いつになく強い力でハワードに摑まれ、レナードはつんのめった。

「だから、服を……」

「そうだった」

急いで部屋に戻り、レナードは服を取り上げる。

この時、レナードはまだ知らなかった。

服を取りに帰ったこのほんの少しの時間が、アンの身を危険に晒してしまうことを……。

＊　＊　＊

昨晩の記憶をたよりに何とか応接室にたどり着いた時、アンはレナード同様兄を殴るつもりでいた。

今までずっと言えなかった不満を今度こそ口にして、いい加減にしろと怒るつもりで彼女は応接室の扉を開けた。

なのに……。

「ああ、ようやく会えた！　心配したんだよアン！」

部屋に飛び込んだアンを迎えたのは、幼い頃から変わらない穏やかな声音と温かな抱擁だった。

「今度のことは本当にごめんよ。まさかアンが娼館に売られるだなんて思いもしなかったんだ、本当にごめん」

強く抱きしめられ、矢継ぎ早に謝罪の言葉を繰り返されてようやく、アンは金縛りにあったように動けなくなっている自分に気がついた。

何一つ言葉が出てこない自分の口に驚きながら、背中に回された腕を、押しつけられた胸を、そして愁いに満ちた顔を見て、兄を睨むはずの瞳は僅かに潤んでしまう。

「アン？」

ハワードより少し背が高い、見た目だけは精悍な兄のロンは、父譲りのふわりとした金髪の下から心配そうなまなざしをアンに向ける。

「今まで、どこにいたのよ……」

そこでようやく口が動いたが、こぼれた言葉は言いたかったはずの文句ではなく、彼を心配する響きに満ちていた。

震える声に、今更のように兄への愛情が消えていないことを知り、愕然とする。

あれほどのことをされたのに、今度こそ信じないと決めたのに、会って顔を見れば心は勝手に安堵してしまう。

「アンのことを捜していたんだよ」

「そんなことを言って、本当は借金取りから逃げていたとかではなくて？」

「逃げていたのは否定しないけど、捜していたのも本当だ。さすがに妹が娼館に売られたと聞いて、慌てないほど僕は非情じゃないよ？」

それからロンはふと真面目な顔になり、アンから少し体を離す。

「今回のことで僕も懲りたよ。これからはギャンブルもきっぱりやめる」

「ほ、本気なの？」

「うん。だってお金なら何とか見繕えるけど、アンには代わりがいないからね。アンを失うくらいなら、もう絶対借金はしないよ」

ロンの言葉に喜びを感じる一方で、アンはその言葉を信じていいものかと悩む。

何せギャンブルをやめるという発言はもう八度も聞いたし、そのたびに彼はアンを裏切ってきた。

だが今回のことで、さすがに懲りたのではと期待する気持ちはどうにも拭えない。

妹が娼婦になりかけたのだ、普通の人間ならさすがに心を入れ替えてもおかしくはない。

「兄さんのこと、今度こそ信じていいの？」

「もちろんだよ。今度こそ、きっぱりやめる」

いつになく真剣な瞳に、アンは待ちに待っていた瞬間がようやく来たのだと泣きそうになる。

「そこまで言うなら、信じるわ」

「よかった。そう言ってくれなかったらどうしようって思ってたんだ」

二人して微笑みを交わし、アンは兄の手をきつく握る。

そしてロンも愛おしそうな笑みをアンに向け、手を握り返してくれた。

けれどそれにほっとしたのは束の間のことだった。

「だから一つ、僕のお願いを聞いてくれる？」

そこでなぜか、ロンの手に不自然なほど力が込められた。きつく握られた手が痛み、おかしいとは思いつつ、アンは馬鹿正直に首をかしげてしまう。

「お、お願い？」

「今度こそ幸せに暮らすために、手伝って欲しいことがあるんだ」

にこやかな笑みはそのままなのに、ロンの言葉からは言いしれぬ不安を感じた。

けれどその不安よりも、兄を信じたいという心がアンの足をその場に縫いつけてしまう。

「実は今、僕は一枚の絵画を探してるんだ」

「絵画？」

「元々はうちにあった絵で、城壁の何とかって題名の……」

思い出せない題名を口にするのを諦め、ロンはその絵の特徴を代わりに告げる。

白い船が描かれていて、側にはお城があって……。

少しずつ詳しくなっていく設定に、アンの顔から血の気が引く。

それと同じ説明を、アンは少し前に、レナードから聞いていたのだ。

「どうして、その絵を探しているの？」

「実は、今僕が働いている商船の船長さんが、それを探しているんだ」

「商船？」

「安心して。アンが思うような船じゃないよ。海賊に憧れてたのは昔の話で、今はちゃんとまっとうな仕事をしているんだ」

熱心に説明するロンは、嘘をついているようには見えなかった。

しかしだからこそ、彼の笑みがアンは恐ろしくなる。

ロンは嘘をつく時ほど、穏やかな笑みを湛え、自分の言うことは真実だという顔をするのだ。

「実はその絵がね、この家にあるみたいなんだ。あの泥棒が、僕たちから盗んでいたみたい」

「ちょっと待って、泥棒って誰のことを言ってるの？」

「もちろんレナード侯爵だよ。アンも言ってたじゃないか、あいつのせいで母さんが出て行ったって」

そこで静かに、ロンの笑顔が引く。

「アンも、あいつに盗まれたんだろう？　娼館からあいつが連れ出したって、聞いたんだ」

「そ、それは……」

「お願いアン、僕にはどうしても絵が必要なんだ。あれはすごく高価な絵で、それがあれば借金だって返せる」

お願いだと懇願するロンは、こちらの同情を誘う甘え声でアンを搦め捕ろうとする。

「アンはレナード侯爵に好かれていたから、きっと絵の場所を聞けば教えてもらえるだろう？　それを後で僕にこっそり教えて欲しいんだ」

「教えたらどうするつもりなの？　まさか盗む気なの？」

「ただ取り戻したいだけだよ。あれは、元々僕たちのものなんだから」

アンはそこで慌てて、レナードは自分たちのために家財を引き取ってくれていたのだと伝えようとした。

だが口を開こうとして、はたと気がつく。

たぶん、説明したところできっと意味はない。

兄は端から、自分を捜しに来たわけでも、穏便《おんびん》に絵をもらい受けるつもりでもないのだ。

「ごめんなさい。私、できない」

「どうして？　そんなに難しいことじゃないだろう？」

「たとえできてもしないわ。私、海賊の手伝いは絶対にしない」

拒絶の言葉に、ロンの笑顔が僅かに崩れ始める。

「海賊って何のこと？　僕はただ……」

こちらの同情を誘う不安げな笑みには心が揺れたが、その時アンは見てしまった。

ロンの背の向こうにある窓の外に、レナードの船のほかにもう二隻、黒い船が停泊しているのを。

いつの間にか降り出した雨のせいで、船の細部は見て取れないが、アンは直感であれが商船ではないことを見抜いた。

「お願いだからこれ以上嘘は重ねないで」

失望させないでと、アンはロンの手を振り払おうとした。

けれどロンは放さず、それどころか爪が食い込むほどの力で彼はアンの手を締め付ける。

「……何となく、協力してもらえない気はしてたんだよね」

相も変わらず穏やかな、けれどどこか冷たい声にアンは身をすくませる。

「昔からアンはレナード侯爵が大好きだったし、懐柔《かいじゅう》されてる気はしてたんだ」

強く握られた手を引き寄せられ、アンはつんのめりながらロンの胸に倒れ込む。

逃げなければと思ったが、腹部に走った激痛がアンの体から力を奪う。

「ごめんね。でも、アンにはもう少し役に立ってもらわないといけないから」

何をするつもりなのか尋ねたかったが、腹を殴られた痛みにかすんだ意識は遠のくばかりだった。

＊　＊　＊

おぼろげな意識の中、アンの心に浮かんだのは深い後悔の念だった。

（結局また、私は間違えてしまった）

暗い感情の波にぼんやり揺れていると、アンはふと、心だけでなく体も波間を漂っていることに気づく。

（違う、ここは……）

体を支えていた地面がうねる様に傾き、内臓がぐっと浮く。

それに驚いて身を起こし、アンはようやく自分が深い闇の中にいることに気づいた。

どこを見回しても明かりはなく、周囲の状況はまったく把握できない。

だが鼻をふさぎたくなるほどの異臭と、不安定な足下、そして壁を叩く激しい波音に、アンはここが見知らぬ船の中だと悟る。

（そうだ私兄さんに……）

鈍痛の残る腹部に手を当てながら、なんて浅はかだったのだろうと唇を噛む。

そもそも、急に彼が現れたことをおかしいと思うべきだったのだ。

よくよく考えれば、彼が海賊の一味であることは想像できたはずだ。

その可能性はアンたちより先に海賊がエディの酒場を襲撃していた時点ですでに見えていたのにと、アンは唇を噛む。

何せ借金をしたのはほかならぬ彼だ。自分が金を借りた相手をしらみつぶしに襲撃すればいずれ地図のありかは特定できる。

あの時もう少しちゃんと考えていたらと後悔するがもう遅い。

揺れから察するに、船はもうずいぶんと沖に出ているようだし、外はたぶんひどい嵐だろう。

軋む船体は今にも壊れそうで、アンはいつ壁に穴が空き、浸水《しんすい》してしまうかと不安に駆られる。

（それに生き残ったとしても、いったい何をさせられるのか……）

もう少し役に立ってもらうと言ったロンの声を思い出し胸が苦しくなる。

（またレナード様に迷惑をかけてしまうのかもしれない……）

絵がレナードのもとにあると突き止めている以上、アンを使って絵を奪おうとするのは想像に難くない。

ならばなんとしてでも逃げなければと、ひどい揺れの中でアンは勇気を振り絞る。

今まで経験した出来事の中でも今回が一番ひどいが、だからといって何もしないでいることはできなかった。

暗がりに目をこらし、恐る恐る手を突き出しながらアンはこの状況を確認していく。

拘束こそされていないが、どうやらアンはどこか狭い場所に押し込められているらしい。

周りにある戸だか壁だかわからない部分を何度か叩き、最後は強く蹴り飛ばしてみたが残念ながら出られる場所はなさそうだった。

それならば上にと、今度は腕を頭上に伸ばした時、突然まぶしい光と大量の水が、アンに降り注いだ。

直後、顔を庇おうとした手を乱暴に摑まれ、アンは上へと引き上げられる。

そのまま硬い床に乱暴に転がされ、アンは苦痛にうめいた。

「こいつを奥に移動させとけ。絵との交換には、必要な人質だ」

船体に叩きつける波と風の向こうから聞こえたのは、荒々しい男の怒鳴り声。

ようやく慣れてきた目で辺りを見ると、そこは粗野な男たちで溢れる海賊船の甲板だった。

「なら僕が」

見るからに柄が悪そうな海賊たちの中、ロンが側へとやってくる。

明らかに一人だけ浮いている彼だが、どうやらそれは外見だけではないらしい。

「海に落としでもしたら、借金を帳消しにする件は無しだからな！」

「絵の価値を考えれば、有力な情報を提供しただけで十分だと思うけど」

「金は絵と交換だ、手に入れなきゃ意味がない」

ロンに怒鳴っている大柄の男はおそらく、この船の船長なのだろう。

彼に怒鳴られるたびロンは肩を落とし、最後は渋々引き下がった。

「下は水がくるからな、マストにきつく縛り付けとけ」

命令されるがまま、ロンはアンの腕を掴み引きずるように船首に近いマストまで連れて行く。

「兄さん、お願い！」

「聞いてただろう、アンが海に落ちると僕が困るんだ」

「やっぱりまた借金をしてたのね！　どうして兄さんはいつもいつも……！」

風に掻き消されないよう声を荒らげれば、ロンは珍しくいらだちを露わにする。

「僕だって、好きで繰り返してる訳じゃない……」

吐き捨てるようにこぼれた声は、それまで一度たりとも聞いたことがない、恨みに満ちていた。

楽観的で無邪気。

それがアンの抱いていた兄の印象だったが、今の表情はそのどちらからもかけ離れている。

いったいいつからそんな顔をするようになってしまったのかと嘆いたその時、突然の横波がアンとロンに襲いかかる。

アンは咄嗟にロープを摑むが、視界の隅ではロンが無残にも流されていく。

波と共に傾く船では、あのまま滑り落ちたらたぶんもう助からない。

気づくと同時に、アンは無意識に兄の方へと手を伸ばしていた。

右の指の先でシャツの袖をどうにか摑み渾身《こんしん》の力で彼を引き寄せる。

けれどそこで再び船を波が襲い、右手がロンから離れてしまった。

「兄さん！」

海水が口に入るのもいとわずに、アンは声を張る。

呼び声に気づき、ロンがこちらに腕を伸ばしてくれる可能性にかけたのだ。

しかしロンは、アンの方を見ながらも縋ろうとはしなかった。むしろ腕を引き、何の抵抗もせず海へと傾く甲板を滑り落ちていく。

（今追いかければまだ届くかもしれない――）

唯一の命綱であるロープは軋み、どのみちしばらくしたら切れてしまうだろう。

ならば最後の賭に出ようと、アンは体勢を立て直し駆けるように甲板を滑り降りた。

そして手を伸ばした時、ロンは大きく目を見開いた。

「アン――――！」

風の音を切り裂く低い声に、アンはロンが目を見開いた理由を知る。

振り返らずとも彼がすぐ側にいるとわかり、アンは泣きそうになりながらロンの腕を摑む。

それとほぼ同時に、海に投げ出されそうになったアンの腰を、ロープを片手に駆け下りてきたレナードが強く抱き寄せた。

「こんな状況でロープを放すなんて、何を考えてるんだ！」

何も考えていなかったと、ただ兄を助けたかったのだと言おうとしたが、再度打ちつけてきた波が言葉を奪う。

だがそれで大波は打ち止めらしく、傾いていた船体はようやくバランスを取り戻す。

ほっとしてレナードを振り返ると、その更に向こうにはいつの間にか『黒き風』が海賊船と並んでいた。

そういえば港で見た船は二隻だったなということを思い出し、駆けつけてくれたレナードと黒い帆船に感謝する。

「ほっとするにはまだ早い」

アンを自分の隣に立たせてから、レナードは船剣《カトラス》を引き抜く。それにつられるように大波を免れた海賊たちが剣を抜いたが、やはりレナードの顔には焦りはない。

それどころか、レナードの顔には感情すら見えず、彼が纏う殺気にアンははっとする。

『君を失ったと思ったら、我を忘れて』

以前告げられた言葉を思い出し、まずいと思った時にはすでにレナードはアンの側にしゃがみ込んでいたロンを引き立たせた後だった。

「レナード様、だめ！」

船剣《カトラス》を握る手が振り上げられるのを見て、アンは慌ててレナードにしがみつく。

「殺してはだめです」

雨風に言葉を取られぬよう強く言い放てば、レナードの瞳がアンへと向けられる。

冷たい殺気はそのままだが、ほんの僅かだけ、その瞳が動揺に揺れた。

「兄には生きて贖罪をさせたいのです」

「だが……」

ロンに向けるまなざしは冷えきり、レナードの怒りが未だその身のうちで燃え上がっているのがありありとわかる。

それも当然だ。自分でも、こんな目に遭わせた兄に対する怒りはあるし、何かしらの罰を与えたいと思うのだ。

（だけどそれは、レナード様にさせることじゃない）

もう一度強くレナードの腕を引いた後、アンは右手の拳をきつく握りしめる。

そしてそのまま、アンは震えている兄を見下ろした。

「今度こそ、本気で反省して」

言い終えると同時に、アンはロンの頬に拳を叩きつける。

自分でも驚くほど勢いのあった一撃はロンの意識を飛ばし、彼はレナードに摑まれたまま、ぐったりと崩れ落ちた。

その様子を見ていたレナードはもちろん、他の海賊までが息をのむのを感じながら、衝撃に痛む手をアンは軽く振る。

その油断を、好機と取ったのは側に乗り付けた『黒き風』の一団だった。

フレンを中心とした船乗りたちが次々乗り込んでくれば、戦う前から見えている結果に海賊たちは次々と武器を投げ捨てていく。

唯一、ロンを罵倒していた船長だけは最後まで抵抗していたが、レナードが船剣《カトラス》を片手に近づくと、慌てた様子で剣を床に落とした。

それでもなおレナードは彼を睨んでいたが、その腕をアンが引くと彼はゆっくりと剣を下ろした。

「彼女に感謝しろ。本来なら、今頃お前たちは海の藻屑になっているところだ」

静かだが威圧的な声音に海賊たちは震え、身動きを止める。

海賊たちを拘束するよう船員たちに荒々しく命令するレナードは、いつかアンを娼館まで迎えにきた時と同じコート姿だったせいか、弱々しく降参する男たちよりよっぽど海賊らしいとアンは思った。

その姿を最初は嫌っていたはずなのに、嵐の中でも揺らぐことのないレナードの背中を見ていると、なんだかほっとしてしまう。

するとそこで、アンの膝から突然すとんと力が抜けた。

急な体の変化に戸惑い、自分の姿を見下ろして始めて、自分が傷だらけであることに気づいた。

ロープを強く握っていた右手の皮はズル剝け、裂けたドレスの間から覗く脚には赤い血が流れている。

怪我を認識してしまったせいか、今更のように体のあちこちが痛み出し、アンは苦痛にうめき声を上げながらきつく目を閉じる。

そのまま痛みをやり過ごそうと無意識に床に左手をつき爪を立てていると、突然その手をきつく握られた。

痛みに潤んだ瞳を開けると、目の前には自分の手を包み込むレナードの手があって、ただそれだけのことに、なぜかアンは泣きそうになる。

「痛むか？」

気遣う声にアンは大丈夫だと告げようとする。

けれど言葉はうまく紡げず、思いとは裏腹にアンは重ねられた手のひらに、縋るように指を絡めてしまう。

　硬くて無骨なレナードの手のひらは、痛みにきつく閉じようとするアンの手のひらを容易く受け入れ、指が震えるたびにそれを受け止めてくれた。

（そうか、もう我慢しなくていいのね……）

　痛みも、恐怖も、もう一人で我慢する必要はないのだと、力強く握り返してくるレナードの手のひらにアンは思う。

　そうしていると張りつめていた糸が切れ、意識を失いかけていることを感じた。

　こんなことで気絶するほど、自分は柔《やわ》だっただろうかと思いつつも、レナードが側にいるとどうしようもなく安心してしまい、アンは自分の意識を留めておくことができなかった。

第七章

「まだ、寝ていた方がいいんじゃないか？」

いつになく心配そうな声でレナードがアンをベッドに戻そうとしたのは、ロンたちを捕らえてから二週間ほどたった日のことだった。

海賊を捕らえ、絵も無事に見つけ出せたものの、レナードたちは未だケインズ邸に滞在している。

アンの怪我は軽いものだったが、長いこと波に揉まれていたせいでひどい熱を出したのだ。

にもかかわらず、当初彼女は自分の身よりレナードやロンのことを心配する有様で、自分は大丈夫だと何度も説き伏せ、ロンのことも『生きて罪を償わせる』とレナードが約束するまでは、ろくに寝ることさえしなかった。

自分より他人を優先する姿勢は愛おしいが、この時ばかりはレナードも肝が冷え、だからこそこの二週間、レナードは過保護なほどにアンの世話を焼いてきた。

「もう体は大丈夫です。それにそろそろ起きないと、レナード様のお仕事に支障が出ますから」

「仕事なんてどうだって良い。だから今は養生を優先してくれ」

「どうでもよくありません。だってレナード様、未だあの絵を置きっ放しにしているじゃありませんか」

アンの言うあの絵とは、レナードが回収を命じられたフィルの絵画である。

捕縛した海賊を運ぶのはフレンと船員たちに任せたが、城の見取り図が隠された絵は、『万が一のことがないように、絶対にお前の手で運んでこい』との命令だった。

またなるべく早急にとのお達しだったが、具合を悪くしているアンからレナードが離れるわけがない。

故に、絵は未だ図書室に放置され、それがアンは気になっていたのだろう。

そして今日、彼女はついに行動を起こすことにしたらしく、ベッドから出るなと纏わりつくレナードを引きはがし、ドレスを着るとすぐに図書室へと向かった。

「これを、いつお返ししに行くつもりですか？」

アンが取り上げたのはもちろん件の絵で、説教を覚悟していたレナードは年甲斐もなく縮こまる。

「アンが、元気になったら行こうかと」

「私はもう、十分元気です」

「でもまだ、時々咳をしているし」

「少し出る程度だから大丈夫です。本島まではたったの一日ですし、離れたくないならご一緒しますから」

「でもほら、そもそも船が無いじゃないか」

海賊を送るために『黒き風』は出払っていると言い訳を重ねた瞬間、アンの眉がつり上がる。

「もう一つ、私たちが乗ってきた船があるでしょう」

めざといアンに、レナードは気まずさのあまり視線を下げる。

たしかに今、ここにはまだ船が残っている。

海賊たちを運んでいるのは、万が一のためにと呼び寄せてあった『黒き風』の方で、もう一隻はまだ港にあるのだ。

アンが攫われたと知った時は、嵐に強い船を呼び寄せておいて良かったとほっとしたが、それが裏目に出てしまった。

「船員さんたちも待機してくれてるんでしょう？　いい加減、仕事に戻らないと」

「じゃあせめて明日にしよう」

「こんなにお天気がいいですし、いっそ今日にでも」

「それは……」

再び口ごもるレナードに、アンはあからさまにため息をつく。

彼女は一度絵を置くと、訝しげな顔でレナードを見た。

「何がそんなに嫌なんです？　絵を、届けるだけでしょう？」

「そうなんだが、その前に一つやりたいことがあってだな」

「やりたいこと？」

「ただ、それはアンが元気になってからでないとできないから」

レナードは肝心な部分を濁したが、慌てて彼と距離をとったアンを見るに、レナードの望みを彼女は察したようである。

「やっぱり、まだ熱っぽいかも……」

「元気になったと言っていただろう」

今にも逃げ出しそうな姿を見て、彼女の腰を引き寄せるレナード。

もちろんアンは身をよじったが、彼の逞しい腕から病み上がりの彼女が抜け出せるはずもない。

「本当は、君を取り返したあの場ですぐ押し倒したかったくらいなんだ」

アンが消えたとわかったあの瞬間に抱いた絶望は、この家で受けたどんな仕打ちよりもレナードの心を激しく砕いた。

そしてまた我を忘れかけたが、目の前で自分の命を省みずに兄を助けようとした姿や、殺してはだめだと告げる彼女の言葉で、彼は何とか自分を抑えることができた。

人を殺めるまで消えないと思っていた黒い感情がアンの手によって浄化された時の、あの何とも言えない安心感を思い出し、レナードはアンを抱き寄せる腕に力を込める。

いつだって、自分を癒やし救ってくれるのは彼女だ。それを再度痛感し、レナードはもう二度と彼女を放すものかと決意する。

「押し倒すって、本気だったんですか？」

けれどやはり、アンはレナードの思いをくみ取ってくれないらしい。

怪訝な顔で首をかしげるアンに、レナードは拗ねた気持ちになる。

「当たり前だろう。愛する君が消えたとわかって、俺がどれだけ辛い思いをしたと思っている」

あの馬鹿ロンめ、しばらく牢屋で泣いて過ごせばいいと更に呟きながら、レナードはアンを見下ろした。

けれどアンは、やっぱりいつものつれない顔だ。

「レナード様は少し表現が大げさすぎます」

「大げさなものか。俺は君無しでは生きていけない」

その思いを込めて抱き寄せると、アンは少しだけ表情を硬くし、ぎこちなく目を逸らす。

「まあ、そう言ってくれるのは嬉しいですが」

「嬉しい顔には見えないが」

けれどアンなりに、自分が彼女を必要としていることには気づいてくれたのかもしれない。

縋りついた腕を払わないのはきっと、少なくともレナードを拒絶していないからだ。

それが無性に嬉しくて、つい気分が高揚して、レナードはうっかり日頃の想いをこぼしてしまう。

「では、俺と結婚してくれるか？」

「え？」

真顔で返され、少し傷つく。

冗談だろうと暗に告げるその表情は、可愛らしいがやはり胸が痛い。

「すまない、うっかり願望が口に出た」

「結婚って、どうして……」

「君無しでは生きていけないと、今さっきも言ったじゃないか」

このタイミングで求婚するつもりはなかったが、ここまで来て後には引けない。

今一度姿勢を正し、レナードはアンの手を取る。

「俺は、君と永遠に一緒にいたい」

いつかフレンに忠言されたことを思い出し、素直に、そして端的に告げる。

するとアンは息をのみ、僅かな間の後、告げた。

「……結婚は、無理です」

＊　＊　＊

悩んだ末に、ようやく絞り出せた一言は、レナードの心を抉ってしまったらしい。

「俺では、だめなのか……？」

「そういうわけではなくて、その……」

慌てて否定を挟み、それからアンは再び考え込む。

結婚して欲しいと言われた時、耳を疑ったが素直に嬉しかった。

だが同時に、それだけはだめだと拒む気持ちがあった。

今回の一件で、思っていた以上に自分がレナードを必要としているのを自覚した。レナードもまた、自分のことを必要としてくれているのだというのも理解はできた。

「望んでくださるなら、レナード様のお側にいます。私も、そうできればとずっと思っていましたから」

「ならなぜ！」

「ごめんなさい。これは、私のわがままなんです」

望まれるなら、ずっと側にいるつもりだけれど、『結婚』は、特別な気持ちが双方にあって初めて成り立つものだ。

それを思うと、幸福感より先にくるのは寂しさだ。

父の代わりでも良いと思っていたけれど、やはり夫婦となるなら、父以上に愛して欲しいと思わずにはいられない。

「結婚は、愛し合う者同士でするものだから」

「今の話の流れだと、俺が君を愛していないようではないか」

「好いてくださっているのはわかっています。必要としてくれているのも……」

でも、一番にではない。

それを口惜しく思う心に、もう蓋はできない。

だからこそ告げねばと、アンは今度こそ隠してきた自分の気持ちを口にする。

「代わりは、もう嫌なんです」

「代わり……？」

「レナード様は、今もまだ父を愛しているのでしょう？　側にいるだけなら身代わりでも構わないけれど、やはり結婚は辛くて……」

だからごめんなさいと謝りながら、アンはレナードを見上げる。

だがそこにあったレナードの顔は、アンが予想していたどの表情とも違った。

「あの、レナード様？」

自分を見下ろすレナードの顔はあまりにも間の抜けたもので、アンは少し呆然とする。

「ちょっと待ってくれ、現実が整理できない」

間抜けな顔のまま虚空を仰ぎ、それからレナードはぽつりとこぼす。

「……何で、俺が君の父を愛していることになっている」

「えっ？」

アンの方も間抜けな声を返し、そして考え込む。

「愛していたんですよね？」

「誰を？」

「父をです」

僅かな沈黙の後、レナードが何かを確認するように問いかける。

「俺は男で、君の父も男だが？」

「はい。でも、レナード様は女性より男性が好きなんですよね？」

尋ねたとたん、レナードの顔から血の気が引いていく。

青を通り越して土気色になりつつある肌を見て、アンは気づいた。

「もしかして、違うんですか？」

「もしかしなくても、違う！」

「えっ、じゃあ父のことも？」

「俺は最初から、君一筋だ！」

ならば幼い頃に聞いたあの言葉はいったい何だったのかと尋ねようとした時、突然その場に大きな笑い声が響いた。

アンとレナードは同時に我に返り、慌てて声の方へと顔を向ける。

するとそこには、見覚えのない男性が一人、立っていた。

（いや、見覚えはあるかも……。たしかこの人……）

「何でお前がここにいる！」

先に反応したのはレナードで、その様子を見る限り、どうやら二人は知り合いらしい。

「なんでって、お前がちっとも絵を渡しに来ないからわざわざ出向いてやったんだろう」

目を見張るほどの美貌と金糸の髪を揺らしながら戸口に立つ彼は、以前舞踏会で見たあの女性にそっくりだった。

「あ、あの方は……」

レナードに尋ねるはずが先に、男が礼儀正しく挨拶を返す。

「私はサイモン＝ヘイデン＝パルマーナ。そこにいる大馬鹿者と、あなたの父上の友人だ」

「さ、サイモン……陛下……!?」

アンが驚くのも無理はない。

何せ今、目の前の男が告げた名前は、この国の若き王のものだ。

「気さくにサイモンと呼んでくれ。今は、お忍び中だしな」

気さくにと言われても、それは非常に難しい注文である。

それをサイモンもわかっているのか、それ以上は強要せずに彼はレナードへと視線を移した。

「それで、絵は？」

「回収した」

「恩に着る。これのせいで、いろいろ危ないところだったんだよまったく」

言葉の割には危機感のない声で告げ、サイモンは二人の側に置かれた絵を取り上げた。

それを見て、アンは更に重大なことに気づく。

「まさかその、サイモン陛下がこの絵を父に？」

「ああ。それがまさか、こんなことになるなんて思いもよらなかったよ。愛しい相手への贈り物は、もう少し慎重に選ばなければな」

しみじみと言うその表情は嘘をついているように思えず、アンはようやく確信した。

「サイモン様が、父の恋人だったんですか!?」

「俺の片思いだったがな。あと君が言っていたのは勘違いだよ、レナードがフィルに惚れていたことは一度たりとも無い」

「で、でも私見たんです、病床の父にレナード様が愛を囁くところを」

アンの言葉に、最初に異を唱えたのはレナードだった。

「断じて違う!!　俺はずっと、アン一筋だ!!」

全力の否定に、サイモンは笑って頷く。

「ああ、たぶんそれは俺だな」

「でも、あの時はたしかに……」

「王子が、いち子爵と恋愛関係にあってはいろいろと面倒だろう。だから、フィルに会いに行く時はレナードの格好をしていたんだ」

「じゃあ、私が見たのも……」

それをずっとレナードだと思い込んでいたのかと思うと、アンの体から力が抜けてしまう。

「たぶん俺だ。あらかた、服かカツラをつけたままだったんだろう」

そのままへなへなと座り込みそうになったアンを支えたのはレナードで、彼は動揺するアンを慌ててソファに座らせた。

「念のためもう一度言うが、俺はアン一筋だ。フィルに愛を囁いたことは、一度も無い」

動揺のせいでアンは今ひとつぴんとこないが、惚けた顔をした彼女にサイモンが笑顔で付け加える。

「そいつの純愛は筋金入りだから、信じてやってくれ。何せ君が生まれた時から――」

「おおおおい！」

情けない奇声をあげてレナードが言葉を遮ったが、もちろんアンはばっちり聞いていた。

「生まれた、時？」

「何でも、君に微笑まれた瞬間、稲妻が走ったらしいぞ。顔を見るなりフィルに『この子と結婚する』と言い出して、周りを心配させていた」

「たしかに稲妻は走ったが、それだけでずっと追いかけてきたわけではない！　そこまで変態じゃない！」

「でも、ずーっとこの子に縋りついていたじゃないか。誰よりも先に名前を呼ばれてはぁはぁしていたり、自分の方にはいはいするのを見て『アンも運命の相手をわかっているんだな』と叫んだり、あれを変態と言わないで何を変態と言うんだ」

サイモンは軽い調子で笑うが、それを聞いたアンの目は、現実から逸らされていた。

（どうしよう、私すごい人を好きになってしまったのかも……。というか、すごい人に好かれてしまったのかも……）

「百歩譲って変態でもいいが、俺は幼女趣味ではないので誤解しないでくれ！　ただ誰よりもアンが好きなだけなんだ！　だから今目の前にいるアンが大好きだ！」

いまだかつて無い『好き』の嵐に放心状態を脱したが、今度はだんだんと恥ずかしくなってくる。

「い、いろいろとわかりましたので、もうその辺で……」

「いや、誤解があるなら解きたい。きっとアンは、まだ何か勘違いしている」

絶対にそうだとレナードは確信し、それを聞いたサイモンも頷く。

「これ以上すれ違いを生まないように、お前はこれまでの気持ち悪い行為を全部告白しておけ。仕事の方は、もうこれで完了ってことにしといてやるから」

本当は文句の一つも言いたかったが、面白いものが見られたからもういいとサイモンは笑う。

それから彼はふと絵に目を戻し、切れ長のまなざしを僅かに細める。

それを見たアンは、今度こそようやく自分の勘違いを心の中で認めた。

（たしかに私、この人に会ったことがある）

レナードだと思って近づいた時、黒い髪の間からちらりと見えた顔は今思えばサイモンのものだった。

もしかしたら強い思い込みが、サイモンの記憶を今まで無意識に消し去っていたのかもしれない。

「あ、あのサイモン陛下……」

絵を見つめるサイモンの横顔に、アンはふと、ある問いかけをしてみたくなる。

「陛下は、どうしてその絵を？」

「あのころは俺も若かったんだよ。城の見取り図を渡せば、いつかフィルが俺に会いに来てくれると思っていた」

結局、あいつは一度も惚れてくれなかったと告げて、サイモンは絵を抱える。

「レナードがいい例だが、恋をすると人間馬鹿なことばかりするもんだ」

「サイモン陛下は、父を本当に好いていてくださったんですね」

「過去の話だよ。この絵とフィルのおかげで、俺は失脚に怯える日々だ」

男好きだと王にふさわしくないらしいぞ、と笑うサイモンはあっけらかんとしていたが、その手が愛おしそうに父の絵を撫でていることに、アンは気づいてしまった。

そしてアンもまた思い出した。

父がサイモンを愛していたかはわからないけれど、少なくとも彼の来訪を喜んでいたのは事実だろう。故郷の小さな島に来客の船が着くたび、『出迎えに行こう』とにこやかにアンとロンを抱き上げた姿は、今もはっきりと覚えている。

(なんだか、父さんのことをこうして思い出すのは、久しぶりな気がする……)

思い出は寂しさを呼ぶからと、アンは無意識に辛い記憶ばかりを胸に抱いてきた。けれど今は、父やロンの笑顔に蓋をしようという気持ちは起きない。

むしろ、あの笑顔の理由がわかり、嬉しいとさえ思う。

穏やかな心地に思わず笑みをこぼし、アンはサイモンを見つめた。

「父のこと、ありがとうございました」

アンの言葉に、サイモンが驚いたように目を見張る。

「笑うと、フィルにそっくりだな。それにこれは、レナードが惚れるのもわかる」

「やらんぞ」

「英雄を敵に回すような馬鹿なまねはしないさ」

飄々と言って、サイモンは絵を片手に颯爽と部屋を出て行く。

(まるで嵐のような人だった……)

でもその浮き世離れした雰囲気こそ、王に必要な要素の一つなのかもしれない。そう思っていると、突然アンの腕をレナードが引く。

どうしたのかと振り返ると、そこにあったのはいつも以上に情けないレナードの顔で、彼が不安を抱えていることに気づいた。

「それで、さっきサイモンが言っていたことなんだが……」

そこでアンは思い出す。

サイモン曰く、レナードにはアンに告白すべき気持ちの悪い行為や秘め事が多々あるらしい。

「とりあえず、聞きましょうか」

「聞いて怒らないか？」

「保証はしません。内容には皆目見当もつきませんので」

ただし……と、そこでアンは声を抑えながら、少し赤くなる。

「嫌いになることは、無いと思いますので」

「本当に？」

「嫌いになるなら、もうすでになっています」

だから大丈夫だと告げた瞬間、レナードは堪えきれないとばかりにアンをソファに押し倒した。

そのまま呼吸と文句をレナードに奪われて、アンは彼の腕の中で喉を鳴らす。

角度を変えながら舌を吸い上げられ、そのたびにうめけば、布越しに押し当てられたレナードの雄が力を増すのを感じる。

「ま、まず……は、話をっ！」

「話は後だ。アンは怒ると機嫌が直るまで時間がかかるから」

だからその前にと、レナードはアンのドレスをたくし上げる。

「それに俺が誰を愛しているか、ちゃんとわからせないと」

流されたくないと思ったものの、レナードのキスと愛撫はそれまでの比ではないくらいに気持ちよくて、アンは彼を拒めない。

「……っ、く、ふぁ」

ドロワーズに差し入れられた手で肉芽を強く刺激されながら、アンはレナードの言葉を実感する。

(これは、私にだけ……)

父の身代わりではなく、自分自身を好いてくれるとわかったせいか、レナードに触れられるたび、アンの体は急速に熱を増していく。

「いつもより、蕩けるのが早いな」

隠しきれない体の熱に気づいたらしいレナードが、微笑みながら蜜に濡れたドロワーズをするりと脱がす。

そのまま一度体を起こしたレナードは、すでに体の芯を失いつつあるアンを引き寄せソファに座らせた。

このままするものだと思っていたアンは離れた距離に物足りなさを感じ、上目遣いにレナードを窺う。

懇願するようなまなざしにレナードはぐっと喉を鳴らしたが、アンの方は淫らな欲求が顔に出ていることに気づいていない。

「そんな顔をしないでくれ。少しだけ、君を見ていたいだけだ」

指摘され、アンは慌てて顔を下げようとするが、伸びてきた無骨な指が彼女の顎を搦め捕る。

そのまま上を向かされ喉が反ると、レナードはもう片方の手でそこを指先で撫で始める。

「くすぐったい……です」

「それだけか？」

本当はそれだけではなかったけれど、告げるのははばかられた。

喉を触られるだけで体が熱くなるなんて、素直に言えるほどアンはまだ大胆にはなれない。

「……せめてなさるなら、寝室で」

「ここがいい。日の光も入るし、アンの美しい体がよく見える」

「見えてしまうから、恥ずかしいのに」

「恥ずかしがることはないだろう。君のその姿は、絵画にしたいほど美しい」

喉から胸元へと指を滑らせ、レナードは彼女のドレスに触れた。

てっきり脱がされるのかと思い身構えたところで、アンはレナードの視線が胸よりもずっと下に向けられていることに気づく。

「ここも、よく見たい」

ここ、と言うのがどの部位をさすのか気づいた直後、床を離れた両の脚はレナードの手によって淫らに開かれ、秘部を晒すはしたない格好でソファの上に置かれる。

ソファの上で膝を立て、秘部を晒す格好はさながら蛙のようで恥ずかしい。

けれどいくら閉じようとしても、膝に置かれたレナードの手がそれを許さない。

「ドレスが邪魔だが、着たままするのもたまには良いか。少しずつ脱がせながらするのも楽しそうだし」

何が楽しいのかアンにはまったく理解できなかったが、いつになく幸せそうなレナードはきっと何を言っても聞かないだろう。

「絵を返す必要も無くなったし、今日はいろいろしようか」

レナードの言ういろいろが何かはわからないけれど、きっとはしたなくて恥ずかしいことに違いないのだ。

「まだ、昼間なのに」

「愛し合うのに時間は関係ない」

更に膝を開かれ、恥ずかしさに体が震える。そうしていると自然と腰が前に出てしまい、結果としてレナードの望みを叶えてしまう。

「淫らに震えているのがよく見える。が、まだ足りない」

何が足りないのかと問いたかった声が、突然の快楽に嬌声へと変わる。

「あぁ……んっ！」

　花弁に触れた熱くざらりとした何かに驚き、視線を落とすと、たくし上げられたドレスの向こうでレナードが秘部に顔を埋めているのがわかった。

「甘い……こちらまで蕩けてしまいそうだ」

　レナードの唇が花弁を挟み、吸い上げる。そのまま優しく甘噛みし、花弁の先端にある肉芽を舌で優しく舐められると、それだけでアンは達しそうになった。

「も……もう……」

「いってもかまわないよ」

「ちが……やぁ……」

「口では嫌がるが、こちらはそうでもなさそうだ」

　一度離れた舌に代わり、太い指が花弁の間で熟れた肉芽をつまみ上げた、

「ひゃあ……あ、あっ！」

「脚は閉じずに、そのまま」

「あ、んっ」

　無骨な指先で敏感な場所をいじられると、体が少しずつ、レナードの言葉に従順になっていく。

　あれほど閉じたかった膝は快楽に震えながらも限界まで広がり、淫らに濡れる花弁は糸を引きながらレナードの進入を待ちわび、震えていた。

「これは、ほぐす必要はなさそうだな」

ズボンの間から引き出されたレナードの肉棒はすでに立ち上がっていて、いつ見てもその大きさには息をのんでしまう。

これが自分の中に入ることが未だに信じられないが、すでに四度、アンは彼を受け入れている。

「んぁ……ぅ」

そして今回もまた、レナードの肉棒をアンは容易く呑み込んでいく。

最初の挿入の瞬間はまだ少しきついけれど、苦痛はすでになく、広がってゆくのは熱を帯びた快楽だけだ。

「可愛いな」

「く……あぁ！」

「気持ちよくてたまらないという顔だ」

違うと言いかけて、アンは気づく。

もう、嘘をつく必要は無いのだと。

「ちゃんと答えるんだ、気持ちいいなら素直に」

同じ気持ちだとわかった今なら、もう本心を隠す必要は無い。

そう思うと、淫らな言葉が、するりと口からこぼれた。

「……きもち、いい、です」

立つ。

「もっと、欲しいか？」

認めるのは少し恥ずかしいけれど、それよりも自分の心を解放したいという思いが先に立つ。

欲しい。

そう思い頷いた直後、レナードの肉棒がアンの中を抉り、子宮の入り口を強く叩いた。

「あ、ああっ……ぅ！」

すでに蕩けきっていた意識はそこで一度爆ぜ、四肢を痙攣させながらアンはぐったりとソファにしなだれかかる。

「いい顔だ、ずっと見ていたい」

芯を失ったアンと繋がったまま、レナードは彼女の唇を優しくついばむ。

「……絵は……」

「そうだ、いつかこの姿を絵に描こう」

恥ずかしいという言葉は、再び始まった抽送によって吐息に変わる。

「もちろん誰にも見せない。俺だけが見るものだ」

「く……ぅ、あ、んっ……」

「だが、画家にも見せるのはいやだな……。淫らな姿は、俺だけが留めておきたい」

「なら、あなたが……かけば……」

口にしてから、しまったと息をのむ。

これでは許可したも同然だと気づいたが、敏感なところを突き上げられた衝撃に、撤回の言葉と意識が飛んだ。

「ならば、今度こそ絵を教えてくれるか？」

「絵…を……？」

「そうだ。それに君にも俺を描いて欲しい」

前描いた絵もまだ見せてもらっていないと言われ、アンははしたなさとは別の恥ずかしさに頬を染める。

「あれは……だめ…なの」

「なぜ嫌がる」

「だって、好き…なのが……」

バレてしまうと言いかけて、これもまたもはや隠す必要は無いのだと気づく。

「俺を愛してくれていることはもう知っている。そうでなければ、こんなに絡みついては来ないだろう？」

言われてようやく、アンは無意識のうちにレナードの体を抱え込んでいる自分の手足に気づいた。

無意識の痴態に今更恥ずかしさを覚えるが、力を弱める隙をレナードは与えてくれない。

アンを抱き寄せると同時にぐんと腰を突き上げるレナードに、アンは悦楽の表情を浮かべる。

「あぁ、う、あ、んッ、お…かしく……」

「まだまだ全然だ」

先ほどより一層手足に力を込め、アンはレナードとの距離を狭める。

結合はより深まり、膣を抉るレナードの腰つきは力強さを増した。

ガクガクと揺れる体をレナードに絡ませながら、アンは無意識に彼の唇に舌を伸ばす。

下唇をはしたなく舐めあげ、ねだるように口を開けると、レナードはそれに応えてくれる。

いつになく優しく、けれど官能的な舌の愛撫に、レナードを受け入れていた膣がきゅっと締まる。

とたんにレナードの吐息に熱が増し、口づけはより一層甘くなる。

「ア…ン……」

口づけの合間にこぼれた呼び声は、愛しいと告げている。

その声は初めて体を交わした時から何一つ変わらないのに、どうして気づかなかったのかとアンは思う。

「レナード……」

でもそれを言うなら、気づかなかったのは彼も同じだ。

愛おしさを込めて名を呼ぶ自分の声もまた、最初の時から何も変わっていない。こうして体を重ねるたび、服と共に偽りの気持ちもまたはぎ取られていたのに、声にこもった愛おしさに彼は気づいていなかったのだ。

(私たち、けっこう鈍感……なのかもしれない)

だからこれからは、もう少し素直になろうと、アンの方からもレナードの口内に深く舌を差し入れる。

自分からするのは初めてで、行為はつたなく少し緊張したけれど、自分の愛撫にレナードが応えてくれるのはひどく心地好い。

「アン……愛してる……」

深い口づけにレナードの雄が大きくなり、アンの中は歓喜に打ち震える。

「ずっと君だけだ。これまでも、これからも……」

熱い吐息と共に吐き出された告白に心も震え、静かに目を閉じる。

そして繰り返された告白にそっと涙をこぼし、アンはレナードのすべてをその身に受け止めた。

エピローグ

「お嬢さん、本当に物好きですね」

フレンがそんな質問をしたのは、絵画を巡る騒動を終え、隠れ島の屋敷に戻ってきてから少したった頃のこと。

砂浜の上に用意されたティーテーブルの側に腰掛け、お茶を飲んでいるのはアンとレナードとフレンの三人だ。

「物好きとは何だ物好きとは」

「だって、おやっさんですよ」

「お前、俺の恋を応援すると言っていたじゃないか!」

「まあそうなんですけど、いざつき合うとそれはそれで心配っていうか」

しみじみとこぼされレナードは不満そうだが、フレンが念を押したくなる気持ちもわかる。

ようやく、長年すれ違っていたこととレナードの愛情に気づくことはできたけれど、正直彼の愛情はアンが考えていた以上に重かった。

心と体が本当の意味で繋がったあの日、聞かされた数々の『告白』は思い出しただけで白目を剝きたくなる内容だったのだ。

たとえば、この隠れ島の屋敷で『妄想』と称してレナードが行っていたこと。

アンの家具を買い取っていた本当の理由は援助の他に『アンの触ったものを誰かが使うのが嫌だ！』という理由があったこと。

今いる船員たちを拾い上げたのは、父ではなくそこにアンの面影を求めたからであること。

またその面影を見て、二人で海に繰り出し、口にはできぬ恥ずかしい行為を繰り返す妄想をしていたことなど、そのどれもがアンには衝撃的だった。

「私も、いろいろと心配です」

隠していても仕方が無いので、アンは素直に頷く。

「でも心配したり苦労したりすることには慣れているので」

「お嬢さん、開き直ってますね」

「ええ。だけど、心配してでも側にいる価値は、ありますから」

素直になれないアンは、好意をそのまま口にできないけれど、フレンは彼女の気持ちを察したようである。

「そこまで言うなら止めませんよ。それじゃあ、邪魔者はこの辺で」

笑顔で去って行くところを見れば、なんだかんだで祝福してくれているのだろうなとほっとする。

だが一方で、妙に鈍感なレナードは恨めしそうな顔でアンをじっと見つめていた。

「やはり俺では不安か？」

「不安にならない要素がどこにあるんですか？」

ぐっと声を詰まらせ身をよじるレナードを見るに、どうやら、一応自覚はあるようだ。

「それに、どんな結婚生活でも、不安はつきまとうものでしょう？　それにむしろ、借金持ちの私にレナード様は不安が無いんですか」

先の騒動でエディへ借金は帳消しになったが、残念ながらクローデル家の借金はまだまだある。

レナードは「残りはあのバカに自分で返させる」と刑期を終えた兄を働かせる気だが、少なくとも知人から借りたお金は早いうちに自分の手で返したいというのがアンの本音だ。

（あの兄さんが、牢屋を出てすぐ真面目になるとは思えないし……）

少なくとももうしばらくは、レナードのもとで働かせてもらおうと、紅茶を飲みながらアンは改めて決意する。

その決意の表情を、レナードが違う意味に取ったと気づいたのは直後のこと。

派手な音を立てて椅子から立ち上がったレナードが、突然アンを抱き上げたのだ。

「ついに覚悟を決めてくれたんだな！」

笑顔でアンを抱き上げ興奮するレナードとは反対に、アンは砂浜の上に落ちたカップを見て、ため息をつく。

「レナード様、いつも言っていますが急な抱擁は困ります。それに私の決意とあなたの考えていることは違うかと」

えっ……とみるみるうちに生気を無くすレナードに、アンは話を合わせておくべきだったと後悔する。

何せこの悲しそうな顔を見るのは昨晩から数えて二回目だ。

『改めて言う、結婚してくれ！』

と、いつぞやの様に意味不明な告白文をもってレナードがアンに跪いたのは、昨夜のこと。

元からアンは受ける気だったが、その告白文のさんざんな出来に笑いが止まらなくなり、結局その場では返事ができなかったのだ。

明確な返事が聞けなかったレナードはしょげてしまい、このお茶会も元々は彼の機嫌を直すためにとアンが開いたものだった。

「やはり、まだだめか……」

「そうは言っていません」

「本当か？　本当に本当か？」

質問を重ねるレナードは子供のようで、アンは思わず笑ってしまう。

その笑顔を肯定と取ったのか、レナードは再び破顔し、アンを抱く腕に力を込めた。

「ああ、夢みたいだ……」

「そんなに感激することですか？　妄想の中では、もう何度も式を挙げたと言っていたじゃないですか」

「俺は妄想ではなく、現実のアンと結婚したかったんだ」

言いつつ、なにやら頬が緩んでいるのを見ると、ドレス姿を想像しているに違いない。

「妄想の時より、いい式にしよう」

「私には比べようがないので、任せます」

「任せるって、何か希望はないのか？」

「まさか自分が結婚するとは思わなかったので、正直まだうまく想像ができなくて」

もちろんレナードと一緒になれるのは嬉しいけれど、苦労の日々が長かったせいか、甘い結婚生活を思い浮かべることは、アンにはまだ難しい。

「どんなことでも良いんだ。何か一つでも、浮かんだことがあったら言ってごらん」

未来を想像できず、困惑するアンに気づいたのだろう。

レナードはアンを優しく地面に下ろすと、彼女の頭を愛おしそうに撫でる。

その心地好さに彼を見上げて、ふと、レナードの微笑みに目をとめる。

「なら一つだけ」

「ん？」

「……ひげを、はやしていただけますか？」

アンの言葉は予想外だったのか、レナードはきょとんとした顔で自分の顎を撫でる。

「結婚式の時だけでもいいので、面倒でなければもう一度」

「構わないが、前に一度、俺のひげをさんざん貶さなかったか？」

「あ、あれは自分の気持ちを悟られないようにしていたんです。でも、本当は……」

意を決して、アンは自分の願いと想いを口にする。

「レナード様のひげ、好きなんです。だからもう一度、見せてくれますか？」

躊躇いながらも言えたことにほっとした直後、アンは唇を奪われる。

少し乱暴な了解のサインに、アンは甘く幸せな吐息をこぼす。

（自分の気持ちと願いを口にするのはまだまだ難しいけれど、少しずつ、レナード様には打ち明けてみよう）

唇が離れる名残惜しさの合間、アンはそっと決意する。

（まずは、もう一度キスして欲しいとお願いしよう）

ずっと言えなかった言葉を、想いをいつかちゃんと伝えられるように。

まずは今この胸にあるの願いを言葉にしようと、アンは息を吸い込んだ。


【了】

あとがき

初めまして。八巻《はちまき》にのはと申します。

この度は『限界突破の溺愛』をお手にとっていただき、誠にありがとうございます。

『残念なおっさんがヒーローでも良いですか？』

今作のプロットを悩みながら、そんな話を担当のYさんと初めてしたときは、まさかこのお話が本当に出版されるとは思っていませんでした。

ソーニャ文庫としてはライトな部類になりますが、そういう作品もと背中を押していただいた（何より残念なおっさんでGOサインを出していただいた）Yさん、本当にありがとうございます。

そしてイラストを描いてくださいました成瀬山吹《なるせやまぶき》様。素敵なアンとレナードを本当の本当にありがとうございました！　もの凄くニヤニヤさせていただきました!!

初めてのソーニャ文庫ゆえに、最後まで大緊張でしたが、少しでも皆様に楽しんでいただければ嬉しいです。

それでは、またお目にかかれることを願って。

八巻にのは

Sonya
ソーニャ文庫

この本を読んでのご意見・ご感想をお待ちしております。

◆ あて先 ◆

〒101-0051
東京都千代田区神田神保町2-4-7 久月神田ビル7階
㈱イースト・プレス　ソーニャ文庫編集部
八巻にのは先生／成瀬山吹先生

限界突破《げんかいとっぱ》の溺愛《できあい》

2015年5月3日　第1刷発行

著　者　八巻《はちまき》にのは
イラスト　成瀬山吹《なるせやまぶき》
装　丁　imagejack.inc
DTP　松井和彌
編　集　安本千恵子
発行人　堅田浩二
発行所　株式会社イースト・プレス
〒101-0051
東京都千代田区神田神保町2-4-7 久月神田ビル8階
TEL 03-5213-4700　FAX 03-5213-4701
印刷所　中央精版印刷株式会社

ISBN 978-4-7816-9553-2
定価はカバーに表示してあります。

Sonya ソーニャ文庫の本

『おじさまの悪だくみ』 斉河 燈

イラスト 岩崎陽子